長編小説

となりの未亡人

草凪 優

JN052910

竹書房文庫

目次

※この作品は竹書房文庫のために
書き下ろされたものです。

第一章　隣室の未亡人

1

川べりに住むのが昔から夢だった。

キラキラと太陽を反射しながら揺れる水面を眺めていると、心が癒《い》やされるからだ。となると、普通は海が見える家を夢に見そうだが、海は気まぐれだ。波が荒れていると怖い。見ているだけ、音を聞いているだけで震えあがってしまう。

その点、川は穏やかだからいい。静かな流れが彼方《かなた》まで続き、やがて大海原に行き着く。穏やかなのに雄大である。

伊庭《いば》三樹彦《みきひこ》は日課である散歩をしていた。もちろん、川べりの道を歩いている。平日は出勤前の朝にしかできないが、今日は日曜日なので昼下がりにいつもの倍の距離である。花冷えの季節なので朝夕はまだ肌寒いけれど、日中はポカポカと春の陽気を歩いた。

「んっ？」

アパートに戻ってくると、引っ越し業者のトラックが停まっていた。誰か引っ越していくのだろうか？　それとも新しい住人？

作業着姿できびきびと働いている業者の男がふたりと、彼らに指示を出している若い女がひとりいた。

若い女？

たしかにそうだった。ショートカットにTシャツに短パンという軽やかな姿は、いかにも溌剌《はつらつ》として若さがはじけている。二十四、五歳だろうか？　ここはどの部屋も1Kのひとり暮らし仕様であり、昭和の時代に建てられた古式ゆかしい木造モルタル二階建てなので、家賃が安いだけが取り柄のいわゆるボロアパートだ。住んでいるのも年配の独身男ばかりで、三十歳の三樹彦が最年少。あとは五十代、六十代、それ以上なのである。

そんなところに、短パンから太腿《ふともも》を剝《む》きだしにしている若い女が引っ越してくるなんて、これはまさしく春の珍事と言っていい。建物はボロでも交通の便がいい、というのならまだわかるが、ここは北関東の地味な地方都市の片隅で、駅までもバス便しかないような辺鄙《へんぴ》な場所なのだ。

好奇心に胸を高鳴らせていることに気づかれないよう顔を伏せて、三樹彦は自分の部屋に向かった。二階のいちばん奥にある。真っ茶色に錆《さ》びた外階段をのぼっていくとき、女とすれ違った。

可愛かった。

驚くほど顔が小さく、そのくせ眼がとても大きい。猫のようなアーモンド形の眼に、三樹彦の心臓はドキンとひとつ跳ねあがった。

しかも、引っ越し業者が荷物を運びこんでいるのは、隣の部屋だ。

自室に入って扉を閉めると、胸がドキドキしてしかたなかった。ひと目惚れ、などという気の利いたものではない。

この一年あまり、若い女と関わらない生活をしていたせいだろう。アパートに年配の男しかいなければ、職場だって似たようなものだった。若い女が好むスイーツショップやファストフード店に足を運ぶこともない。強《し》いてあげればコンビニやスーパーのレジでやりとりすることはあるが、先ほどの彼女ほど可愛い女なんて、見たことがなかった。

その日は一日中、息をつめ、耳をすまして隣室の様子をうかがっていた。

隣に住んでいるのなら、奥手《おくて》な自分でも仲良くなれるかもしれない、と思った。仲良くなりたかった。恋仲になれたらいいな、というわけではない。そこまで図々しいことはさすがに考えない。すれ違ったときに笑顔で挨拶してくれたら心が癒やされそうだとか、食べ物のお裾《すそ》分《わ》けをするような関係になったら生活に潤いが出るだろう、という程度のことである。

「無理に決まってるか……」

三樹彦はベッドに寝転がり、自嘲の笑みをもらした。三樹彦は典型的な草食系男子で、異性に対する欲望が極端に薄い。いや、欲望そのものは人並み程度にあるかもしれないが、すべては妄想の中で完結し、行動に移すことができない。

たとえばセックスだ。

三樹彦は三十歳になったいまでも童貞だった。卒業できるチャンスはいままでに何度かあった。向こうから告白されてお付き合いすることになったこともあれば、夕暮れの公園でキスをしたこともあるし、お互い裸になってベッドに入ったこともある。話がどんどん下世話になっていくが、裸になって抱きあったり、おっぱいを揉んだり、その先端を口で吸ったり……。

たしかに興奮した。

女の素肌はなぜこんなにもすべすべで、甘い匂いが漂ってきて、乳房はプニプニと柔らかく、乳首はいやらしく尖《とが》りきるのか、感嘆せずにはいられなかった。

だが結局、最後までできなかった。

なんというか、相手に対して申し訳ない気持ちになってしまうのだ。罪悪感に耐えられなくなって、いつだって欲望が途中で潰《つい》えてしまった。自分はきっと、男女交際やセックスに向いていないのだろうと思った。

べつに絶望的な気分にはならなかった。恋愛やセックスだけが人生ではないと達観していた。三樹彦は子供のころから諦めのいい男だった。「おまえはすぐに諦めるからダメなんだ」と父や兄たちにはよく叱られていたが、そんなことはないだろう。誰もが決して諦めず、ガツガツと自分の主張ばかりを通そうとしたら、世の中から諍《いさか》いはなくならない。

東京から電車で三時間の距離にあるこのH市に三樹彦が引っ越してきたのは、一年ほど前のことだ。

生まれも育ちも東京で、卒業した大学も勤め先もすべて東京にあった。一年前までは、東京以外の土地に住むことなんて想像もしていなかった。

勤めていたのは父が創業した建設会社だった。社員百人に満たない中小企業だ。七つ年上の長兄が二代目社長になり、四つ年上の次兄が営業部長、三樹彦はその下で一介の営業マンとして働いていた。

一族経営にありがちな、一般社員に理不尽な思いをさせるようなことのない、いい会社だったと思う。長兄には三十七歳とは思えない貫禄があったし、次兄は頭が切れるうえに生来の人たらしで、三樹彦はふたりのことを尊敬していた。子供のころからそうだった。

男の三兄弟なんて喧嘩ばっかりしてたでしょう？　と言われることがよくあるが、そういう記憶もあまりない。長兄も次兄も中高生のときはとんでもない不良で、とくに次兄は問題ばかり起こして父によく殴られていたが、ふたりとも三樹彦にはやさしかった。三人でいれば和気藹々《あいあい》として、長兄や次兄が結婚して家庭をもってからも、月に一度は三人で食事をしていた。

しかし……。

一年前、長く病《やまい》に伏せっていた父が他界すると、状況は一変した。長兄と次兄が、遺産を巡って骨肉の争いを始めたのである。

「兄ちゃんは社長を継いだんだから、実家のビルは俺によこすのが筋じゃね？」

と次兄が言えば、

「家業を継いだ俺が実家に住むのは当然の権利だ」

と長兄も一歩も譲らず、そこに気が強い双方の妻なども参戦し、収拾のつかない展開になっていった。母が生きていればそうはならなかっただろうが、三年前に亡くなっていた。とにかく、三樹彦は諍いから離れたかった。子供のころから仲がよかった長兄と次兄が口汚く罵《ののし》りあうところを目の当たりにさせられるのが、すさまじいストレスだった。

心労のあまり、朝眼が覚めても起きあがれないことが常態化し、もうこれ以上耐えられないと、会社には辞表を出し、さらに自分は遺産を放棄する旨も伝えた。会社に行かなくなってからも、兄たちは個別に訪ねてきていろいろと言ってきたが、そんなことも面倒になり、東京を離れることにした。

H市には縁もゆかりもなかった。

北関東をクルマでまわっているうち、好みの川の景色を見つけ、そのすぐ側にいかにも家賃が安そうなアパートが建っていたので、住むことにしただけだ。幸運なことに、仕事もすぐに見つかった。地元のタウン誌の記者である。経験はなかったが、人手が足りなかったようで、即刻採用された。

東京にいたときには考えられなかったような、静かな暮らしが始まった。アパートのまわりには本当になにもなく、コンビニに行くのにもクルマを使わなければならなかった。H市自体、特筆するような観光名所や基幹産業があるわけではない。繁華街と繁華街が肩を並べて賑やかさを競いあっているような東京に比べれば、刺激的なことは皆無に近いと言っていい。

これじゃあまるで若隠居だな、と思った。

思うたびに自嘲の笑みがこぼれたが、悪くない気分だった。

東京で生まれ育ったとはいえ、自分には都会暮らしが合っていなかったのかもしれない。ギラギラしたネオンライトの下で酔漢に揉みくちゃにされているより、ひとりで川べりの道を散歩しているほうが、ずっと伸びやかな気持ちになれた。長兄は銀座のクラブが、次兄は六本木のキャバクラが大好きだが、三樹彦は苦手だった。そもそも異性が苦手なのだから、得意であるはずがない。

2

翌日の夜のことだ。

仕事から帰ってきた三樹彦がコンビニで買ってきた鍋焼きうどんを食べていると、扉がノックされた。

新聞の勧誘だったら嫌だなあと思いながら扉を開けると、女が立っていた。隣に引っ越してきた女だった。

三樹彦の顔を見るなり、どういうわけか、女はポカンと口を開いた。そのままなにも言わないので、

「あのう……なにか？」

三樹彦のほうからおずおずと切りださなければならなかった。

「ごっ、ごめんなさい……」

女があわてて手にしていた包みを渡してきたので、三樹彦は受けとった。洒落た花柄の包装紙に包まれていたが、手触りからタオルだろうと思った。引っ越しの挨拶の定番である。

「隣に引っ越してきた百瀬舞香《ももせまいか》です。昨日はお騒がせして申し訳ございませんでした。これからご近所付き合い、よろしくお願いいたします」

今度は三樹彦がポカンと口を開いていた。舞香がTシャツに短パンという、極端な薄着であることに気がついたからだ。

今夜はけっこう冷えこんでいた。三樹彦など、ドテラを羽織って鍋焼きうどんを食べていたのである。

「さっ、寒くありませんか？」

「えっ？」

「あっ、いや……そんな手脚出して寒くないのかなって……」

よく見ると、彼女の手脚はとても長かった。そのうえ顔が小さいので、長身というわけでもないのにスタイルが素晴らしくよく見える。

「わたし、さっきまで部屋でヨガをしてたんですよ」

舞香は手脚をさすりながら笑った。

「だから、体中ポカポカ。寒かったらストーブつけるより、体を動かしちゃうタイプなんですよね、貧乏性っていうか」

「……なるほど」

地球環境にはやさしいかもしれないが、眼のやり場に困ってしまう。Ｔシャツがやけにピチピチで、胸のふくらみの形がよくわかる。全体的にはスレンダーなのに、そこだけがやけに丸い。丸すぎる……。

「あの、お名前は？」

舞香に訊ねられ、三樹彦はハッと我に返った。引っ越しの挨拶にきた人間に、名乗るのを忘れるなんて、どうかしている。

「あっ、いや、すみません……伊庭といいます。伊庭三樹彦……」

「つかぬことをおうかがいしますが……」

「はい？」

「わたし、このあたりにまったく土地勘がないんですけど、近所に女性がひとりで食事できるところってあります？」

「えぇーっと、クルマで？」

「クルマはないんですよ、自転車しか」

「自転車……」

「あっ、いま馬鹿にした顔をしましたね？」

「いや、べつに……」

「自転車っていってても、本格的なロードバイクですから。十キロや二十キロは軽く走れます」

「だったら……ちょっと待ってて」

三樹彦は本棚から、自分のつくってるタウン誌を抜きだして持ってきた。

「これにグルメマップが載ってますから、参考にしていただければ……」

H市はなにもないところとよく言われるが、三樹彦がつくっているタウン誌は、その意見に異を唱えるため、地元愛の強い印刷会社の社長が発行している。

実際、なにもないように見えて、ロードサイドにはチェーン系の店がひと通り揃っているし、個人経営のおしゃれなカフェ、こだわりのエスニック料理店、手作りの豆腐屋、オーガニックのベーカリーなどもある。わかりづらいところにポツン、ポツンと点在しているのが玉に瑕《きず》だが、そういう小さな店の中には、東京でも充分勝負できそうな味の店も少なくない。

「へーっ、こんな雑誌があるんですか……」

舞香は興味深そうにめくっている。

「差しあげますから、いろいろまわってみてください。隠れ家的な名店もけっこうあります。隠れすぎてるんですけど」

「ありがとうございます」

舞香はペコリと頭をさげると、タウン誌を胸に抱えて笑みを浮かべた。

「これからも、いろいろよろしくお願いします」

「いえいえ、こちらこそ」

「このアパート、とっても壁が薄そうだから、いろいろ聞こえちゃうかもしれませんけど、許してくださいね」

舞香は悪戯《いたずら》っぽい笑みを残して、自分の部屋に戻っていった。扉が閉まって彼女の姿が見えなくなっても、三樹彦は呆然とその場に立ち尽くしていた。

最後の台詞《せりふ》はいったいなんだろう？

「いろいろ聞こえちゃう」と言っていたが、「いろいろ」とはなんなのか？

なるほど、このアパートの壁はとても薄い。電話の声はもちろん、気配まで感じられる。

だが、わざわざ「聞こえちゃう」と念を押すからには……。

どんな美人でも性欲がない女はいないらしい。

彼女も可愛い顔して、まさかオナニーが日課だったりして……。

気持ちよすぎて声が出ちゃうときもありますけど、聞き逃してくださいね、というアピールなのか……。

「……馬鹿馬鹿しい」

びゅうと吹いてきた冷たい夜風が、三樹彦に正気を取り戻させた。ゲスな妄想しかできない自分にがっかりしながら、すっかり冷たくなってしまった鍋焼きうどんの残りを食べた。


それから数日後のこと。

三樹彦は取材からの直帰だったので、午後四時に帰宅した。帰宅時間が早い場合、三樹彦はカレーをつくることにしている。料理をつくるのが面倒なときのため、冷凍にして食糧を確保しておく、という意味もあるが、のんびり時間をかけてカレーをつくるのが好きなのである。

みじん切りにした大量のタマネギを茶色くなるまで炒め、各種野菜とともにチキンを煮込む。完成まで二時間くらいかかるが、とても贅沢な時間に感じられる。東京であくせく働いていたころには、こんなことをする余裕はなかった。若隠居生活が悪くないと思える、理由のひとつである。

ところが……。

ようやく完成させ、実食の前に冷凍分を小分けしようとしたところで、大変なミスに気づいた。冷凍庫には、餃子、ハンバーグ、ミートソース……カレー以外にも「贅沢な時間」を満喫した痕跡が大量に残されていて、もうこれ以上入れるスペースがない。カレーは冷凍して寝かせると、さらに旨《うま》くなるのに……。

弱りきった三樹彦は、あることをハッと閃《ひらめ》いた。

隣の彼女に、お裾分けしたらどうだろう？

閃いた瞬間、顔が熱くなった。つくりすぎた手料理をお裾分けなんて、かなり人間関係を構築してからでないとできない行為だろうし、お近づきになりたい下心を見透かされるのも恥ずかしい。この一年間、月に二度はカレーをつくっているので、味には自信があるけれど……。

いや……。

いやいや……。

つくりすぎただけではなく、舞香にお礼をする理由は他にもあるではないか。

引っ越しの挨拶に貰ったタオルである。そんなものは普通、百円ショップで買い求めることができる、向こう側が透けて見えそうな薄っぺらいタオルと相場は決まっているのに、舞香がくれたものは、異様に手触りのいいピンク色の生地に、可愛い動物柄があしらわれたものだった。

　そんなファンシーなタオルを三十男がどこで使うのかはともかく、絶対に百円では買えないものだった。五百円くらいするかもしれない。

　過剰な挨拶の品をいただいたお礼に、つくりすぎたカレーをお裾分け――釣りあいがとれているかどうか、悩みに悩んだ。眉間に皺《しわ》を寄せてカレーの鍋を睨みつけること三十分、出てきた結論は……。

　とりあえず、カレーが好きかどうか確認してみる、というものだった。考えてみれば当たり前のマナーだろう。世の中にはカレーが好きじゃない人だっているわけで、辛いものが苦手な人はもっと多い。三樹彦がつくるカレーは、ホールの唐辛子を大量に使っている。

　好きか嫌いかをまず訊ね、好きという言質《げんち》がとれたら、実はカレーをつくりすぎてしまいまして、と切りだす。

　これなら自然だ。サンダルをつっかけて部屋を飛びだすと、ほとんど同時に舞香の部屋の扉が開いたのでびっくりした。彼女も驚いたようで、猫のように大きな眼を真ん丸にしている。

「あのう……」

三樹彦は気を取り直すため、咳払いをしてから言った。

「カレーは好きですか？」

「……大好きですけど」

「辛くても？」

「甘いカレーなんて、カレーじゃないと思います」

「よかった。じゃあ、ちょっと待っててください。実は冷凍庫がいっぱいなのにつくりすぎてしまって、どうしようかと……お裾分けに持ってきますから」

部屋にとって返し、小鍋にカレーを分けてもう一度部屋を飛びだす。舞香は自分の部屋の前に立って、クスクスと笑っていた。どうしたのだろうと彼女の手元を見ると、その手には似たような小鍋が……。

「実はわたしもカレーをつくりすぎて、お裾分けしようと思ってたところだったんです。気が合いますね」

舞香が柔和な笑みを浮かべたので、三樹彦も笑った。彼女の素敵な笑顔と違い、ずいぶんとひきつっていただろうが……。

3

結局、一緒にカレーを食べることになった。

舞香のつくったカレーのほうが、自分のつくったものよりずっと旨かったら格好悪いな、という不安もあったが、彼女の部屋で食べることになったので、そんなことはどうでもよくなった。

ただの隣人、それも男をひとり暮らしの部屋にあげるなんて、なかなか大胆で無防備な女だと思った。見るからに健《すこ》やかそうな彼女は、きっと性善説の信者なのだろう。世の中には本当の悪人なんていない——ならばこちらもそれを尊重し、紳士的に振る舞わなければならない。

とはいえ、彼女の部屋に一歩入った瞬間、三樹彦はドキドキがとまらなくなった。考えてみたら、女のひとり暮らしの部屋にあがる、という経験が初めてだった。男兄弟しかいないので、女の部屋それ自体が珍しくてしようがない。

引っ越しの挨拶にピンク色のタオルを持ってきた彼女の部屋はやはり、パステルカラーに彩《いろど》られたファンシーな空間だった。

カーテンやベッドカバーが可愛らしいギンガムチェックで、こう言っては悪いけれど、ちょっと幼い感じがした。枕元にずらりと並んだ動物のぬいぐるみが、その印象に拍車をかけた。カレーの匂いが充満しているのが残念だった。普段ならきっと、砂糖を入れすぎたホットミルクのような匂いがしたに違いないから……。

「いただきます」

行儀よく両手を合わせた舞香に倣《なら》い、三樹彦も両手を合わせてからスプーンを持つ。ふたりはガラス製のローテーブルに向かいあって座っていた。お互いがつくったカレーを交換して皿に盛ってある。

「おいしい！」

ひと口食べた舞香が嘘のない表情でそう言ってくれたので、ホッとした。三樹彦も彼女がつくったカレーを食べる。野菜以外に果物も入れているのだろう、まろやかでやさしい味がした。

「料理うまいんですね？」

「そんなことないですよ。伊庭さんのカレーのほうがおいしい」

「いやー、僕のはただ辛いだけで」

「ホント！」

舞香が悪戯っぽく鼻に皺を寄せる。

「こんなに辛いカレー、食べたことないですよ。でも、おいしい。わたし、辛いの大好きだから……」

その言葉に嘘はないようで、舞香は三樹彦よりも早いペースでカレーを平らげていく。辛いカレーは次々に食べないと、よけいに辛くてしようがないからよいのだが……。

「辛い、辛い」

と笑顔で言いながら食べている舞香の小さな顔には、やがて玉のような汗が浮かんできた。辛いものを食べると汗をかくものだが、その量が尋常ではなく、いまにもカレーの皿にしたたり落ちそうだったので心配になってしまった。

「……大丈夫ですか、汗」

そっと声をかけると、

「えっ？　やだ、わたし……」

舞香はあわててタオルで顔の汗を拭《ぬぐ》った。

「新陳代謝がいいから汗っかきで……恥ずかしい……」

羞《は》じらいながら汗を拭う姿がなんだかエロくて、三樹彦は緊張した。新陳代謝がいいのは健やかさの証左のようなものなのに、どうしてこんなにエロく感じてしまうのだろう。

まずい……。

こういう状況で妄想に耽《ふけ》ってしまうのは、よくない兆候だった。うっかりおかしなことを口走ってしまったりしたら、取り返しのつかないことになる。舞香は女友達ではなく、アパートの隣人なのだ。毎日のように顔を合わせる相手と気まずい関係になったら、生活環境が著《いちじる》しく低下する。

「さっきから気になっていたんですが……」

話題を変えてみることにした。

「あの人は、いったい……」

三樹彦が指差したのは、チェストの上に飾られた写真だった。パステルカラーとぬいぐるみのファンシーな空間に、その写真だけがそぐわない雰囲気だった。金髪ピアスのイカつい不良少年が写っていた。喧嘩上等というキャッチコピーが似合いそうな……。

「亡くなった夫です」

舞香は淡々と答えた。

「一年前に交通事故で……バイクが好きな人だったんですけど、すごいスピードで峠とか攻めてたから……」

三樹彦は驚愕に言葉を返せないでいた。夫を亡くしたということは、彼女は未亡人ということになる。二十代半ばと思える若さで……その明るく健康的なキャラクターからは想像もつかなかったが……。

「彼はいいですよ、好きなこととして好きなように死んだんですから……でも、残されたわたしはそれから運気が急降下。仕事はうまくいかなくなるし、義理の両親ともぎくしゃくしはじめて……それでこっちに引っ越してきたんですよね。誰も知らないところで、静かに自分を見つめ直したくて……」

気持ちはよくわかる、と三樹彦は言いたかった。三樹彦自身も、似たような境遇だったからだ。しかし、父親を亡くしたとはいえ、闘病生活が長かったので、覚悟を決める時間は充分にあった。突然の交通事故で最愛のパートナーを失ってしまった舞香の哀《かな》しみとは、比較にならないだろう。

「おいくつだったんですか？　ご主人」

「三十でした」

「いまの僕と一緒ですか……」

三樹彦は深い溜息をついた。彼女も若いが、亡夫も若い。自分の人生がいまこの瞬間に途絶えてしまうことを考えると、慄然とするしかなかった。自分はまだ、人生においてなにひとつやり遂げていないと思ったからだ。

その点、舞香の亡夫は少なくともひとつのことをやり遂げている。舞香のような可愛い女を妻に娶《めと》ったのだから……。

「すいません、変なこと訊《き》いてしまって……」

「いいんです」

舞香はやさしく笑いかけてくれたが、その笑顔に少しだけ暗い影が差していたので、三樹彦の胸は締めつけられた。

4

カレーを食べおわると、三樹彦の部屋に移動することになった。

「カレーのあとってコーヒー飲みたくなりますよね？　いま淹《い》れます」

と舞香が言ったので、

「だったら、今度は僕の部屋で飲みませんか？」

三樹彦はなるべくさりげなく提案した。舞香ともう少し話していたかったが、ここにいると、どうにも亡夫の写真が気になってしかたがなかった。金髪ピアスの喧嘩上等に睨まれているような感じがするのだ。

「うわっ、素敵！」

三樹彦の部屋に入るなり、舞香は感嘆の声をあげた。

「なんなんですか、この部屋？　カフェみたいにおしゃれじゃないですか」

「いや、まあ、アンティーク家具が好きなんで……」

三樹彦は照れ笑いを浮かべて頭をかいた。アンティーク家具が好きなのは本当で、東京でひとり暮らしをしていたときは、それこそ部屋にあふれかえっていたのだが、すべてをこの六畳間に持ちこむのは不可能だったので、泣く泣く処分した。

それでも、畳の上からフローリングを敷き、ステンドグラスのランプシェードなどで照明を薄暗くして、落ち着いた雰囲気を演出している。家具は他に、ベッドと食事用のローテーブルとロッキングチェアくらいなものだ。

「どうぞ」

三樹彦に勧められ、舞香がロッキングチェアに恐るおそる腰かける。最初はビクビクしていたが、揺らすことに慣れると笑顔になった。

三樹彦はコーヒー豆をミルで砕き、ペーパードリップで淹れた。舞香にロッキングチェアを譲ってしまったので、自分は床に座ってコーヒーを飲んだ。

「なんだかここ、すごく落ち着きますね」

舞香はコーヒーカップを片手にロッキングチェアを揺らし、ご満悦な表情だった。それはいいのだが、三樹彦はむしろ落ち着かなかった。いつもひとりでいる空間にふたりでいると、こんなにも息苦しく感じられるものなのかと思った。相手が太腿丸出しの可愛い娘という理由も大いにあるに違いない。舞香がロッキングチェアでこちらは床だから、視線は自然と彼女の長い脚にぶつかる。

「ベッドもカッコいいなあ。そう言えばロンドンのダウンタウンのホテルに、こんな感じのベッドがあったなあ」

褒められて、三樹彦の気分はあがった。フレームは木製のアンティークでも、マットはブランドものの高級品だと自慢したかったが、やめておく。

「でも、脚にずいぶん傷がついてますね。この椅子も……」

「ああ、それはキカのやつが……」

三樹彦は遠い眼で答えた。

「キカ？」

「猫を飼ってたんです。仔猫のときにうちの前に捨てられてて……『奇貨居《きかお》くべし』って言うじゃないですか？　で、キカって名前に……」

実は東京を離れた理由のひとつに、ある日突然、キカがいなくなってしまったことがあった。ペットロスだ。父を亡くし、兄弟の骨肉の争いにうんざりしていた時期だったので、本当になにもかも嫌になった。

「猫好きだったんですね。もう飼わないんですか？」

「近所で野良猫を見るたびに心を動かされますが、やっぱりいなくなったときのことを考えると……死んだらもっと落ちこみそうだし……」

「……そうですね」

うなずいた舞香の横顔に、また暗い影が差した。彼女はペットロスどころか、夫を亡くしているのである。

「ちょっと、あっちに座っていいですか？」

舞香がベッドを指差した。

「えっ、ああ……どうぞ」

三樹彦がうなずくと、舞香はベッドの上に飛び移った。まるで猫のようだった。そんなふうに見えたくらい、身のこなしが軽やかだったのだ。

「うわあ……なんかすごくいい感じ」

ベッドの上であぐらをかき、尻をバウンドさせてはしゃぐ。

「うちのベッドと全然違う。これ、マットもお高いやつでしょう？」

よくぞ気づいてくれた、と三樹彦は涙ぐみそうになったが、もちろんおくびにも出さなかった。

舞香はひとしきり尻をはずませていたが、

「なんかわたし、お行儀悪いですね……」

急に落ちこんで膝を抱えた。

「軽蔑しました？」

上目遣《うわめづか》いで見つめられ、

「いやいや、全然……」

三樹彦はあわてて首を横に振った。

「なんか猫みたいだな、と思ってました……」

正確には、キカみたいだなと思った。軽やかな身のこなしもそうだが、表情がくるくる変わるところがよく似ている。

捨て猫だったキカはひどく臆病で、いつもキョドってばかりいるのに、時折見せる澄ました顔がとてもエレガントだった。甘え方もとても上手で、大事な家具を傷つけられて三樹彦がイラッとしていると、そんなに怒らないでよとばかりに、体をこすりつけてくるのだった。

「猫だったら、こんなことしても許されますよね？」

舞香が口にした言葉の意味が、三樹彦にはわからなかった。次の瞬間、キカよりも俊敏な動きで、布団の中にもぐりこんだ。頭からである。

さすがにそれは……。

やりすぎであろうと、三樹彦は絶句した。行儀が悪いどころの話ではない。ベッドは究極のプライヴェート空間であり、他人が断りもなく踏みこむのはマナー違反だ。

というか、はっきり言って恥ずかしかった。布団には自分の匂いが染みついている。最近いつ布団を干したか、思わず考えてしまった。にわかに思いだせなかったことが、恥ずかしさに拍車をかけた。

しかし……。

こういう場合、どうやってたしなめればいいのか、三樹彦にはわからないのだった。

舞香だって、悪気があってやっていることではない。可愛い顔に暗い影が差すところを見るより、明るいお転婆《てんば》娘でいてくれたほうが、こちらだって気を遣わずにすむ。

だが、それにしても……。

こんもりと盛りあがった布団がもぞもぞ動いているところを目の当たりにしていると、自分の恥部をまじまじと見られているような落ち着かない気分になった。見られているどころか、匂いを嗅がれているのだ。もう許してくれと泣いて哀願したかった。いったいどうすればいいのだろう？

混乱するばかりの三樹彦の眼に、信じがたい光景が映った。

布団の中から、なにかが投げだされたのだ。舞香が穿いていた短パンだった。続いてTシャツ。さらには淡いオレンジ色のブラジャーとパンティまで……。

嘘だろ……。

三樹彦は自分の頬がピクピクと痙攣《けいれん》しているのを感じながら、それを眺めていた。脱ぎたてのブラジャーとパンティはまだ体温さえ残っていそうな生々《なまなま》しさで、可愛らしい色合いにもかかわらず、途轍《とてつ》もなく卑猥だった。ブラジャーはカップの内側が露《あら》わになっていたし、パンティの股布だって——もう少しで布が二重になっているところが見えそうだった。

いや、そんなことより、布団の中である。

服と下着が外に放りだされたということは、舞香はいま、全裸ということになる。

なぜ全裸なのか？　カレーを食べ、コーヒーを飲み、猫の話をしただけで、どうして裸になる必要があるのか？

童貞とはいえ、三樹彦にだって女と裸でベッドに入った経験はあった。お互いの好意を確認してからそうなるまで、二カ月とか三カ月とかすさまじく長い時間がかかった。一緒に映画を観るとか海に行くとか、デートを繰り返して思い出を積み重ね、お互いのプロフィールを家族構成から幼児体験まで語り合い、揺るぎない絆《きずな》がつくられて初めて、男と女はそういう関係になるのではないだろうか？

布団の山がもぞもぞと動いた。

身構える三樹彦をよそに、布団から顔だけ出した舞香の眼つきは、たまらなく色っぽかった。

「……脱いじゃいました」

甘いささやき声が、耳を経由せずに脳に直接響いた気がした。

第二章　ぎゅっとして

1

三樹彦が記者を務めているタウン誌の編集部は、発行元である印刷所の事務所の片隅にある。

営業マンが絶え間なく出入りし、得意先の担当者がやってきて打ち合わせをしていることもしょっちゅうなので賑やかだが、三樹彦はその輪から完全にはずれ、ひとり黙々とパソコンに向かっている。

タウン誌の記者なんて経験したことがない職種だったし、お世辞にも給料がいいとは言えないが、三樹彦はこの仕事が気に入っていた。利益だけを追い求めるのではなく、地元活性化の一助になっているという感覚がよかった。縁もゆかりもなかったH

市ではあるけれど、どうせなら地域に貢献したい。味はよくても立地条件が悪いばかりに閑古鳥が鳴いていたラーメン屋が、タウン誌に紹介されたことがきっかけで行列ができる店になったなどという話を聞くと、やはり嬉しくなる。

とはいえ、この日はまったく仕事に身が入らなかった。

パソコンに向かってもいつものように集中できず、文字が模様のように見えて意味をつかめない。自分で書いた文章であっても、他人が書いた怪文書のように感じられ、一秒ごとにやる気が失われていく。

「どうしたんだ、ボーッとして！」

突然、後ろから肩を揉まれた。社長の鎌田信夫《かまたのぶお》だった。

「わかる、わかるぞ、伊庭くんの気持ちは。どうして自分ひとりでふたりぶんの仕事をしなくちゃならないんだって、いじけてるんだろう？　ええ？」

実は最近、もうひとりの記者が辞めてしまったのだ。勤続二十年のベテランで、三樹彦はその人に仕事をすべて教わった。もちろん残念だったが、親の介護が退社の理由だったので引きとめることはできなかった。

となると、取材して誌面をつくり、広告を出稿してくれる企業などとの打ち合わせも、すべて三樹彦ひとりで受けもつことになる。かなりの無理を強いられているのだが、社長もなにも手を打っていないわけではなく、ハローワークやインターネットで人員を募集している。ただ、ひと月経っても応募がゼロなだけだ。

「まあ、すまないがもう少しひとりで踏ん張ってくれ。人づてにもいろいろ頼んでみてるし……埋めあわせに、そのうち温泉に連れてってやるからさ」

社長は意味ありげにウインクすると、ひそひそ声で言った。

「温泉っていっても、ただお湯に浸かるだけじゃないぞ。お色気むんむんのコンパニオンとエロエロの宴会して、ひと晩中ハメッぱなしだ」

社長が去っていくと、三樹彦は深い溜息をついた。社長は豪快な男だった。H市に縁もゆかりもなく、記者の経験もなかった三樹彦を、「キミのやる気を買おうじゃないか」とすんなり採用してくれた。

ただ、下ネタトークにはまるでついていけない。心の底からうんざりする。

社長ほどスケベを隠そうとしない男を、三樹彦は他に知らなかった。ギョロッとした眼、でかい鼻、分厚い唇——顔からしてギラギラと脂《あぶら》ぎっていて、呼吸をするように下ネタを口にする。

実際、かなりの遊び人のようで、温泉コンパニオンをこよなく愛している。H市には風俗街のようなものはないが、クルマで一時間ほどの距離に温泉街がいくつもある。

そこはスケベオヤジたちのガンダーラ。ただ酌をしてくれるだけはなく、風俗嬢のような淫らなサービスをしてくれる、「スーパー・ピンク・コンパニオン」というのがいるらしい。

印刷所の営業マンによれば、社長があまりに「スーパー、スーパー」と口走るので、陰でスーパー社長という渾名《あだな》がついているそうだ。

まあ、そんなことはどうでもよかった。

三樹彦が仕事に身が入らないのは、一緒に仕事をしていたベテラン記者がいなくなり、ひとりでタウン誌をつくらなければならないからではなかった。人が抜けて仕事が倍増するという経験くらい、元の会社でだって何度もしている。

問題はゆうべのあれだ。

あれはいったいなんだったのだろう……。

「……脱いじゃいました」

と、舞香は布団から顔だけ出して言った。床には彼女が着ていたTシャツに短パン、そして淡いオレンジ色のブラジャーやパンティが放りだされていた。なるほど、脱いだことは間違いない。布団の中で、彼女はすっぽんぽんだ。

だが、なぜ裸に……。

「入ってこないんですか？」

舞香は蠱惑《こわく》的な顔でささやいた。困ったように眉根を寄せた表情が卑猥だった。

「ひとりじゃ淋しいから、布団に入ってきてください」

意味がわからなかった。全裸の女が待ち構えている布団に入って始まることといえば、セックス以外にないだろう。しかし、自分と彼女は、そんなことをするほどの関係なのだろうか？

なるほど、舞香は魅力的な女だった。カレーをお裾分けしたのだって、仲良くなりたいという下心がなかったとは言えない。だが、いきなりセックスになだれこむのはどう考えても性急すぎる。

なにかの罠だろうか？　と訝《いぶか》ってしまったほどだ。

その気になってむしゃぶりついていったら最後、金髪ピアスの喧嘩上等がドアを蹴破って部屋に怒鳴りこんできて、金銭をたかられるとか……。

さすがにそれは現実味のない妄想だろうが……。

「よっ、よくないんじゃないかな？」

三樹彦は怯えきった小声でささやいた。

「なんと言うか……こういうことするのは……」

「なにがよくないの？」

「だってキミ、未亡人でしょ？　喪に服している身でありながら、そういう軽率な行動はいかがなものかと……」

舞香の顔色が変わった。にわかに眼が吊りあがった。尻尾を踏まれて怒髪天を衝《っ》いて猫が総毛を逆立るような勢いで、彼女は言った。

「そういう偏見って最低っ！　未亡人が軽率に振る舞ってなにが悪いの？　羽目をはずしちゃいけないんですか？　夫を亡くした女は、一生下を向いてしおらしくしてなくちゃならないわけ？」

彼女の指摘は、ごもっともだった。未亡人であればこそ、早々に天国に召された亡夫のぶんまで人生を楽しむべきだと三樹彦も思う。

だが、なぜ軽率に振る舞い、羽目をはずしたいのかわからないから困っているのだ。舞香がいかにも尻の軽そうな女だったら、ここまで混乱しなかっただろう。そうは見えないし、ひと目惚れされたということだってあり得ない。なぜなら、写真に写っていた亡夫は、三樹彦とは正反対なキャラクターなのだ。

舞香は怒っていた。完全に激怒していた。布団の中から手を伸ばし、脱ぎ散らかした服や下着を取ると、それを着けて布団から出てきた。眼を吊りあげたまま、ドタドタと足音を鳴らして部屋からも出ていった。

2

俺が悪かったのかなあ……。

自宅に戻った三樹彦は、隣室の気配にビクビクしながら、関係修復の手立てを探っていた。

謝ってすむなら、いくらでも頭をさげよう。しかし、なぜ謝らなければならないのかがわからない。こちらに失言があったことは認める。その点については悪かったとしか言い様がない。

しかし、彼女が激怒している根本の部分は、失言のせいではないような気がする。恥をかかされたと思っているのだ。女から裸になって誘ったのに、無下に断られてしまった——それが彼女のプライドを傷つけてしまったに違いない。

断り方が悪かったのだ。

未亡人云々《うんぬん》などと余計なことを言わないで、なぜ誘っているのか、やさしく問いただせばよかったのである。理由さえ腑《ふ》に落ちれば、その後の展開だってまったく違ったものになっていただろう。たとえば、愛なんてないけれどセックスがしたくてたまらないという理由だっていい。率直にそう言ってもらえれば、隣人のよしみで付き合うこともやぶさかではなかったのに……。

やっぱ俺が悪かったな……。

結論が出てしまった。セックスがしたくてたまらなかったとして、うら若き彼女がそれを素直に口にできるわけがないではないか。布団の中で裸になったことで、こちらがそれを察するべきだったのだ。自分という人間は、どうして女心にそこまで疎《うと》いのだろう。

謝りに行こうと思った。どう考えても、彼女を傷つけたことだけは間違いないので、ここで頭をさげておかないと、隣人と挨拶もできない状況になってしまう。謝ればまた、一緒にカレーを食べることだってできるだろう。天国と地獄ほども住環境に違いが出る。いますぐ謝りに行くべきだ。

ドテラ姿で謝罪というのも間抜けな気がして、洗濯したシャツと綿パンに着替えた。鏡を見て、髪が乱れていないかチェックした。

震える手でドアノブをつかみ、自室の扉を開けたときだった。目の前に人がいることに気づき、三樹彦は腰を抜かしそうになってしまった。

舞香だった。

手にしたコンビニの袋を差しだしてきた。

「ビール買ってきたんで、一緒に飲みませんか！」

真っ赤に染まった顔を隠すように、下を向いて叫んだ。三樹彦は凍りついたように固まっていた。女心はよくわからないが、彼女も彼女で、関係修復の手立てを探っていたことだけは理解できた。


いつまでも玄関に突っ立っているわけにもいかないので、三樹彦は舞香を部屋に招き入れた。先に謝るべきかどうか、迷っていた。しかし、軽い調子で「いやー、昨日は悪かったねー」とは言えなかった。もう少しきちんと謝罪しないと、誠意というものが伝わらない。

そんなことを考えていたせいで、おかしなことを口走ってしまった。

「キミはそっちに座りなよ、気に入ってたみたいだし」

ベッドを指差して言った。舞香はいつものようにTシャツに短パンで、彼女がロッキングチェア、こちらが床に座ると、剥きだしの太腿を直視する構図になってしまう。

それを本能的に避けたのだが、よくよく考えたら無神経極まりない台詞だった。

舞香も一瞬顔をひきつらせたが、ベッドにちょこんと腰をおろした。三樹彦はロッキングチェアに座る。舞香が缶ビールを渡してくれた。いちばん好きな銘柄だったので嬉しくなったが、乾杯を求められて緊張した。いったいなにに乾杯なのか、訳がわからなかった。乾杯するなら謝罪と仲直りをすませてからのほうがいいと思ったが、舞香はごくごくと喉を鳴らして飲みはじめた。

しかたなく、三樹彦も飲んだ。好きな銘柄のはずなのに、味がまったくわからなかった。

「やっぱりこの部屋、すごく落ち着きますね……」

下を向いて、ポツリと言った。

「あっ、あのう……」

三樹彦は遮《さえぎ》るように言った。

「キミ……舞香ちゃんって、いくつ？」

「二十五です」

「仕事はなにを……」

黙っていると、彼女に先に謝られてしまいそうだった。そういうわけにはいかなかった。悪いのはこちらだ。謝るなら自分が先に謝るべきだが、とりあえず話題を変えてチャンスをうかがうことにした。

「仕事ですか？　ダンススクールのインストラクター……」

意外な答えだった。明るく健康的な彼女にぴったりではあるが、レアな職業である。少なくとも、三樹彦の知りあいにそんなことをやっている人はいない。

「もともとはダンサーだったとか？」

「そうです。中高はダンス部で……でも、背が高くないから、教えるほうにまわって……コリオグラファーってわかります？」

三樹彦は首をかしげた。

「振り付け師のことなんですけど、ダンススクールでインストラクターをしながら、そういうこともやってて……お金を稼ぐのはインストラクターでも、アイデンティティはコリオグラファーっていうか……こう見えて、アイドルに振りつけたこともあるんですよ」

舞香が口にしたアイドルグループは、三樹彦でも知っている国民的な存在だったので驚いた。

「一回だけですけどね」

舞香は指を一本立て、恥ずかしそうに笑った。

三樹彦は、舞香が振りつけをしているところを想像した。いまをときめくアイドルたちに尊敬のまなざしを向けられ、「先生」などと呼ばれているのかもしれない。格好いい。ただ、ちょっともったいないという感じもする。背が高くないといっても、一六〇センチくらいはあるから、極端に小柄というわけでもない。

「舞香ちゃん、スタイル抜群だから、ダンサーでもいける気がするけどねえ。顔は小さいし、手脚も長いし、舞台映えするんじゃないの？」

「やめてくださいよお……」

舞香は真っ赤になって照れた。

「背が高くないのは言い訳で、自分の限界がわかって裏方にまわったんですから。やっぱりパフォーマンスだけでお金をもらえるのって、選ばれた人たちなんですよ。立ってるだけで絵になるというか……」

謙遜《けんそん》しつつも、褒められたのがよほど嬉しかったらしく、体をくねくねさせている。ベッドにあがってあぐらをかく。

「わたし、体がすっごく柔らかいんですよー」

おそらく照れ隠しだろう、唐突に両脚を一八〇度開脚すると、そのまま上体を倒した。唖然としている三樹彦を尻目に、「虎のポーズ」「トカゲのポーズ」と、次々のヨガのポーズを披露する。

三樹彦はどぎまぎするしかなかった。舞香はTシャツに短パンで、長い手脚を剥きだしにしている。Tシャツだってピチピチだ。そんな格好で大股開きや四つん這いになられたら、むらむらしてきてしまうではないか。

だが、三樹彦は、まぶしげに眼を細めて笑った。いやらしい気持ちよりも強く、懐かしい気持ちがこみあげてきたからだった。

「なんで笑ってるんですか？」

舞香が唇を尖らせて突っこんでくる。

「いや、申し訳ない……」

三樹彦は謝った。

「本当にキカによく似ていると思っちゃってさ……」

嘘ではなかった。キカはこちらの気を惹《ひ》こうとするとき、決まっておかしな格好をする猫だった。それこそヨガのポーズのように、普通の猫ならしないような変な格好を……。

「そんなに似てます？」

「ああ」

うなずくと舞香は眼を泳がせ、次の瞬間、布団に頭からもぐりこんだ。昨日と同じ展開だった。三樹彦は戦慄を覚えた。再び彼女に恥をかかせたら、今度こそ決定的に関係は崩壊するだろう。となると、セックスするしかないのだろうか……。

だが……。

「ごめんなさいっ！」

舞香は布団の中で叫んだ。

「ゆうべはわたし、どうかしてました。わたし、あんなことする女じゃないんです」

「……じゃあ、どうして？」

三樹彦は、こんもりと盛りあがった布団に向かって訊ねた。答えが返ってくるまで、少し時間がかかった。

「……似てるから」

「えっ？」

「伊庭さん、亡くなった夫に、よく似てる……」

嘘だろ！　と三樹彦は卒倒しそうになった。舞香の夫は金髪ピアスの喧嘩上等だ。自慢ではないが、三樹彦は喧嘩なんかしたことがない。争いごとは大嫌いだし、金髪やピアスも苦手である。

「わたしの部屋にあった写真を思いださないでくださいね……」

舞香が布団から顔を出した。

「あれは夫が十代のころの写真で、わたしと付き合うずっと前なんです。彼が残していったアルバムから、いろいろ取り替えながら額に入れてて……亡くなる寸前はもっと普通の見た目でした。いまの伊庭さんみたいに……年も一緒だし……」

なるほど、と三樹彦はようやくすべてが腑に落ちた。引っ越しの挨拶にきたときの、ポカンと口を開いた舞香の顔が脳裏に蘇《よみがえ》ってくる。亡夫に似ていたから、驚いたのだ。逆に言えば、驚くほどよく似ている……。

「布団、入ってきてもらえませんか？」

上目遣いで見つめられた。

「もう裸になったりしませんから、わたしをキカちゃんだと思って……ちょっとだけ、ぎゅっとして……」

三樹彦は大きく息を呑んだ。

愛する人と容姿が似ているというただそれだけの理由で、人はセックスをしたくなるものなのだろうか？

3

三樹彦にはわからなかった。しかし、ゆうべの舞香の突拍子もない行動が、にわかにせつなく感じられた。彼女が欲求不満をゆきずりのセックスで解消しようとするような、そういうタイプの女でないことはわかっている。だからこそ、あんなふうに無茶な感じで誘ってきたのだ。

舞香は布団から顔だけを出したまま、ベッドの上で横になった。胎児のように体を丸めているようだった。その後ろから、三樹彦は布団に入っていった。いま布団の中にいるのは、キカだと思いこもうとした。突然いなくなった愛猫を思いだすと、胸が苦しくなった。せつなさを重ねるように、舞香の背中をそっと抱いた。

「ぎゅっとしてもらって……いいですか？」

三樹彦はうなずいて、舞香の腹に両手をまわした。驚くほどウエストが細かった。ぎゅっと抱きしめた。さらさらしたショートカットの黒髪が、鼻にあたっていた。甘い匂いに眩暈《めまい》を起こしそうだった。下半身はもっと深刻だった。自分の股間が、舞香のヒップにあたっている……。

彼女のお尻は小さい。短パン姿をさんざん見せつけられたので、それは知っている。だが股間を密着させていると、女らしい丸みばかりが伝わってくる。小さくても、丸いのだ。きっと剝き卵のようにつるつるして……。

まずい……。

股間のものが隆起しそうになり、三樹彦は焦った。いま腕の中にいるのはキカだと思いこもうとした。どう考えても無理があった。こんなセクシーでエロティックな猫なんているわけないではないか。

体を離そうとしたが、できなかった。三樹彦の両腕に、舞香が両腕を重ねてきたからだった。手首をつかまれた。三樹彦がぎゅっとしたときより、力がこもっていた。彼女がいま、亡夫との思い出を嚙《か》みしめていると思うと、無理やり体を離すことがどうしてもできなかった。

だが、そうなると股間のものが……。

驚くほど細いウエスト、髪の甘い匂い、丸くて小さなヒップ——男を悩殺するあれこれが、波状攻撃を仕掛けてくる。勃起をこらえるのは無理だった。気がつけば、痛いくらいに硬くなっていた。

　舞香は気づいているはずだった。スルーしてくれたのは思いやりに違いなかった。可愛い顔をしていても、彼女は未亡人。男の生理や機能について、なにも知らないわけではない。自分が望んでハグしてもらい、男が勃起したからといって、それを責めたてるような女ではない。

　だが、ヒップに感じているであろう勃起をスルーしたかわりに、三樹彦の手を自分の胸に導いていった。丸々とした隆起が、手のひらにあたった。どういうつもりなのか、判断に困った。

　彼女はいま、亡夫を思いだしている。思い出は脳にではなく、ハートに刻まれているとたいていの人間が信じているから、不自然な行動とは言えない。その一方で、ふたつの胸のふくらみは、揉めば悶える性感帯でもある。男を惑わせるもっとも女らしいパーツでもあるわけで……。

　ドクンッ、ドクンッ、という心臓の音が、やけにうるさく聞こえてきた。舞香の心臓もまた、三樹彦の心臓に負けないくらい大きな鼓動を打っているのかもしれなかった。

　乳房を、ちょっとだけ揉んだ。わざとではなかった。本能が衝動的に指を動かしたとしか言い様がなかった。

舞香が振り返った。怒られることを覚悟した。ゆうべのように眼を吊りあげて睨まれたら、土下座して謝ろうと思った。

舞香の眼は吊りあがっていなかった。トロンとして、大きな黒眼がいやらしいくらい潤んでいた。こちらを向いているのに、三樹彦のことを見ていない感じだった。三樹彦の後ろにいる誰かを見ているような……。

俺は亡くなったキミの夫じゃない！　そう言いたかったが、言えなかった。舞香の表情が生々しく欲情を伝えてきたからだ。くるくると表情を変えるキカも、欲情した顔だけは見せなかった。そういう表情をしていたときもあるのかもしれないが、人間の三樹彦にはわからなかった。

しかし、舞香が欲情していることは、一瞬で理解できた。震えるほどにいやらしかった。と同時に、求められる愉悦《ゆえつ》を覚えていた。女に求められることは、こんなにも心地いいことだったのかと驚いた。

ごくり、と生唾《つば》を呑みこむと、舞香が顔を近づけてきた。逃げようと思えば逃げられたのかもしれないが、三樹彦は逃げなかった。というか、金縛《かなしば》りに遭《あ》ったように動けなかった。

唇が、重ねられた。奪われた、と言ったほうが正確かもしれない。その瞬間、舞香のギアが一段あがったのをはっきりと感じた。ねっとりと潤んだ黒眼に、炎がともったように見えた。

「うんんっ……ぅんんっ……」

鼻奥で悶えながら、舞香はキスを深めてくる。三樹彦にもキスの経験くらいあったけれど、迫力が全然違った。チュッ、チュッ、と音をたてて唇を吸われたり、ペロペロと舐《な》められたり、防戦一方だった。呼吸をするために口を開くと、すかさず舞香の舌が侵入してきた。舞香の舌はよく動き、あっという間に三樹彦の舌はからめとられた。濃厚としか言い様がないキスだった。三樹彦の鼻息も荒くなっていたが、舞香はそれ以上だった。

「暑くないですか？」

「えっ……」

よく見ると、舞香の鼻の頭には汗が浮かんでいた。新陳代謝のいい彼女の体は、すでに汗ばんでいるのかもしれなかった。三樹彦にしても、布団の中でシャツと綿パンを着ているのである。もちろん暑かったから、布団を剝《は》ごうとしたが、

「わたしは脱がないって約束したから、脱がせてもらっていいですか？」

舞香はバンザイするように両手を上に伸ばした。訳のわからない理屈だったが、濃厚すぎるディープキスに翻弄《ほんろう》されたばかりの三樹彦は、逆らうことはできなかった。ついにセックスが始まってしまったと、心を千々に乱すことさえできない。なぜなら、心はすでに乱れきっていて、だがそれは、舞香が未亡人だからとか、それほど深い関係でもないのにセックスしていいのだろうか、などという理由によるものではなく、舞香がエロすぎるからだった。

彼女は明るく健康的な二十五歳のはずだった。なのにいまは、見たこともないくらいのエロスを放射して、三樹彦を悩殺してくる。ピチピチのTシャツを脱がせると、白いブラジャーが姿を現した。淡いオレンジも可愛かったが、清純そうな白はもっとよかった。

ブラジャーの上から、ふくらみを揉みしだいた。レースのざらついた感触と、それに包まれたうっとりするような丸みに、三樹彦の鼻息は荒くなっていく。すぐにブラ越しの愛撫では物足りなくなり、生身に触れたくなった。しかし、それには……。

「大丈夫？」

背中のホックをはずせずにもたもたしていると、舞香が笑いかけてきた。

「男の人って、苦手な人は苦手だよね」

自分で両手を背中にまわし、ホックをはずしてくれた。これでいいのか？　と三樹彦は冷や汗をかいた。ブラのホックもはずせない男に、女を抱く資格があるのかどうか……。

ブラのホックだけならいい。舞香のやさしさで難なく乗りきったけれど、これから先、どれほど難関をクリアしなければならないのか、考えると怖くなってくる。

なにしろ……。

三樹彦は童貞なのだ。

挿入の直前までは多少の経験があるけれど、セックスそのものを経験したことがない。三十歳にもなって……。

それでも、目の前にホックがはずされたブラがあれば、カップをめくらずにはいられないのが男という生き物だった。めくってみると、真っ白い肉房が恥ずかしげに顔を出した。プリンスメロンのような丸みと量感に気圧《けお》され、乳首が淡いピンク色なのに魅せられた。

未亡人なのに、こんなに清らかな乳首をしていていいのだろうか？　未亡人なのに、未亡人なのに……。

三樹彦は白い乳房にむしゃぶりつき、乳首を舐めまわした。脳味噌が沸騰しそうなほど興奮していた。諦めるのが得意な草食系男子である三樹彦にとって、我を失うほどの興奮状態というものは、生まれて初めて経験するものだった。

「ああぁっ……はぁああっ……」

舞香がもらす吐息や声が、興奮の炎に油を注ぎこんできた。感じているようだった。乳首を舐めながら上目遣いで表情をうかがうと、きりきりと眉根を寄せたいやらしすぎる表情をしていた。

4

まだ布団を被ったままだったので、中に熱気がこもってきた。舞香の乳房がヌルヌルしているのは、三樹彦が舐めまわしたせいだけではなく、汗をかいているからに違いなかった。

三樹彦も顔から汗をしたたらせていた。布団を剥ぎ、服を脱ぎたかったが、つんのめる欲望がそれを許してくれない。舞香が感じているなら、もっと感じさせてやりたい――それもまた、男の本能に違いなかった。本能に従って、右手を彼女の下半身に伸ばしていった。

ほとんど触れたことのないブラジャーと違い、短パンの扱いは容易だった。ボタンをはずし、ファスナーをさげ、おろしていけばいいだけ……。

太腿あたりまでおろすと、股間を撫でた。布団の中なのでよく見えないが、ブラと揃いの白いパンティがぴっちりと食いこんでいるはずだった。あてずっぽうに指でまさぐっているうち、こんもりと盛りあがった小丘を発見した。

まったく……。

女の体というのは、どうしてどこもかしこもいやらしいほど丸いのだろう。バストやヒップも丸かったが、ここの丸みがいちばん卑猥だ。おそらく、いちばん肝心な部分だからだ。

すりっ、すりっ、と撫でさすると、

「んんんんーっ！」

舞香が身悶えながら首根っこにしがみついてきた。下着越しにちょっと触っただけでこれほどの反応を見せるなんて、やはりここが本丸。性感帯中の性感帯ということらしい。

尺取虫のように指を動かすほどに、パンティの奥から熱気がもれ伝わってきた。湿り気を帯びた熱気がねっとりと指にからみついてきて、三樹彦は身震いするほど興奮した。濡れているのではないか、と思った。それはもはや確信に近かった。早速確かめてみたくなり、パンティの中に手指を忍びこませていった。

ええっ？

こんもりした小丘の上に、あるべきものがなかった。まわりをまさぐっても、まったくの無毛地帯……。

これはおそらくパイパンというやつだ。アスリートにはパイパンが多いと聞くが、ダンサーもまた下の毛をきれいに処理している人が多いのだろうか？　いや、そんなことはどうでもよかった。

未亡人にしてパイパン……。

敵《かな》わない、と思ってしまった。こちらがいくら興奮し、欲望のままに振る舞ったところで、舞香を満足させることはできないだろう。できるわけがない。満足させられるテクニックなど、なにひとつもちあわせていないのだから……。

「どうしたんですか？」

愛撫の手をとめたので、舞香が耳元でささやいた。

「毛がないから驚いちゃった？」

三樹彦は答えられなかった。毛がないことにも驚いたが、問題はもっと根深い。もちろん、彼女には責任などいっさいない。

「正直に告白しますけど……」

舞香の髪に顔を埋めたまま言った。

「僕、童貞なんですよね……セックスの経験がないんです……」

サクッと言ってみたものの、言った瞬間、自分の言葉がナイフのように胸に刺さった。羞恥と屈辱で、体が小刻みに震えだした。こんな思いをするくらいなら、若いころにソープランドでもなんでも行って、初体験を済ませておくべきだったと歯軋《はぎし》りした。いや、自分のことなど後まわしだ。舞香はいまの言葉を、どんなふうに受けとめてくれただろう？

引いているだろうな、ドン引きだろうな、と怯えながらおずおずと顔をあげると、舞香はいたって普通の表情をしていた。呆れてもいなければ、笑ってもいなかったし、眉をひそめてもいなかった。

唇を重ねられ、舌を吸われた。要するに、三樹彦の告白はきっぱりとスルーされた。態度だけが変わった。それまではどちらかと言えば受け身だったのに、積極的に三樹彦の服を脱がしてきた。シャツのボタンをはずされ、ベルトもはずされ、綿パンをずりおろされて――あっという間にブリーフ一枚にされてしまった。

さらに舞香は布団を剝ぐと、太腿に残っていた短パンを脱ぎ捨てて自分もパンティ一枚になり、

「膝立ちになってもらえますか」

恥ずかしげにささやいてきた。三樹彦は言われた通りにするしかなかった。舞香は正面で四つん這いになった。純白のパンティにぴったりと包まれた丸い小尻がいやらしかった。そして、全力でテントを張っているブリーフの前は泣きたくなるほど恥ずかしかった。

舞香はまさしく猫のような仕草で、右手をブリーフに伸ばしてきた。もっこりとふくらんでいる部分を、指先でそっと撫でた。たったのひと撫でで、三樹彦はのけぞった。指が離れたあとも、触れられた部分が疼《うず》いている。

舞香は上目遣いでチラチラと三樹彦の顔色をうかがいながら、もっこりを撫でまわしてきた。指を二、三本使って、軽くくすぐるように……。

三樹彦は歯を食いしばっていた。無防備に口を開いていると、声をもらしてしまいそうだったからだ。呼吸そのものも我慢していたため、みるみる顔が熱くなっていった。額に脂汗がにじんできたのが、はっきりとわかった。

ブリーフがめくりさげられた。勃起しきったペニスが唸りをあげて反り返り、湿っ

た音をたてて臍《へそ》を叩く。自分でも恥ずかしくなるほどの勢いだったが、舞香の表情は変わらなかった。

童貞を告白してから、彼女はひどく冷静だった。覚悟を決めているようにも見えた。ただ、手つきはたまらなくいやらしかった。反り返った肉棒にそっと指を添えると、ゆっくりとしごきはじめた。

自分でしごくのとはまるで違う快感が襲いかかってきて、三樹彦は再びのけぞった。膝立ちの体勢なのに、ガクガクと両膝が震えだした。いや、体中が震えていた。すりっ、すりっ、と舞香が手筒をスライドさせるほどに、震えは激しくなっていく一方だった。

三樹彦の視線はせわしなく動いていた。四つん這いになって向こう側に尻を突きだしている舞香の姿は、いくら眺めても眺め飽きないと思われるほどエロティックだった。加えて、そそり勃《た》った自分のペニスが女の細指でしごかれているところも、脳裏に焼きつけておかなければならなかった。

しかし、真に見逃せなかったのは、時折こちらに向けられる舞香の顔であり、半開きになっている唇をおいて他になかった。先ほど濃厚なキスをされた唇だった。見た目はサクランボのように可愛らしいのに、キスをした瞬間、啞然とするほど淫らな器官に豹変した。

　普通に考えて、これから先に待ち受けているのはフェラチオだろう。その淫らな唇が、ペニスに襲いかかってくるのだ。もちろん、もれなく舌もついてくる。男の口の中でくなくなとよく動いていたあの舌も……。

　舞香がこちらを見上げた。いままでとは眼つきが違った。舐められる！　と三樹彦は反射的に身構えた。舞香は唇を開いてピンク色の舌を差しだすと、亀頭の裏側をねろりと舐めた。続いて、尖らせた舌先でコチョコチョとくすぐってきた。

　三樹彦は必死に声をこらえた。全身から汗が噴きだしてきたが、情けない声だけはもらすまいと思った。

　そんな気持ちも知らないで、舞香の舌はいやらしく動きまわる。裏筋をチロチロくすぐっては、舌腹で亀頭に唾液をなすりつけてくる。みるみる淫らな光沢を帯びていく自分のペニスを眺めながら、三樹彦は歯を食いしばっている。あまりに食いしばりすぎて、顎が痛くなってきた。

「……うんあっ！」

　舞香の唇が、Oの字にひろがった。そのまま亀頭をぱっくりと咥《くわ》えた。三樹彦はもう、声をこらえていることができなかった。涙ぐみながら、野太い声であえいだ。この世のものとは思えないほど心地よかった。

「ぅんんっ……ぅんんっ……」

舞香は可憐な鼻息を振りまきながら、唇をスライドさせはじめた。根元までずるずると唇をすべらせては、カリのくびれまで吸いたててくる。ペニスの中でもいちばん敏感であるカリのくびれを、唇の裏側のつるつるした部分でこすられる。キュッ、キュッ、と締めつけられる。口内では舌がねろねろと動いて、鈴口や裏筋をくすぐりまわしてくる。

「おおおっ……おおおおっ……」

三樹彦は激しく身をよじりながら、涙を流していた。なんて情けない男なんだろうと自己嫌悪がこみあげてきたが、涙をとめる術《すべ》はなかった。いままでの人生で、悲しかったり悔しかったり感動して泣いたことはあるが、痛烈すぎる快感に涙を流したことなどなかったからである。

5

三樹彦が真っ赤な顔をくしゃくしゃにして泣いているのに、舞香は笑ったりしなかった。馬鹿にするのはもちろん、呆れた顔だってしなかった。

「今度は横になって……」

三樹彦をあお向けにして太腿に残っていたブリーフを脚から抜くと、自分も純白のパンティを脱ぎ捨てた。毛のない真っ白い小丘が眼に飛びこんできて、三樹彦は瞬き《まばた》も呼吸もできなくなった。

「もう濡れてると思うけど、ちょっと触ってくれると嬉しいな……」

あお向けになっている三樹彦の横側で、今度は舞香が膝立ちになった。触ってほしいのは、もちろんパイパンの奥にある部分だろう。横眼で様子をうかがうと、割れ目の上端がちょっと見えていた。いやらしい光景、などという生ぬるいものではなかった。脳髄に直撃して体を痺れさせる、すさまじいエロスだ。

三樹彦はおずおずと、右手をそこに伸ばしていった。手のひらを上に向け、中指を奥に侵入させていく。湿り気を帯びた熱気は、先ほどより濃厚になっていた。それに導かれるように指を伸ばすと……。

くにゃっとした貝肉質の感触がした。ヌメヌメと濡れて、それを左右に掻《か》き分けると、熱い蜜が指にからみついてきた。窪地がぬかるんでいた。指を動かすと、指が泳いだ。こんなにも濡れるものなのか、と驚いてしまう。

「あっ……んんっ……」

舞香が身をよじる。丸い乳房が小さく揺れる。淡いピンクの乳首が、ツンと尖っているのがいやらしい。

三樹彦は指を動かした。乱暴にしてはいけないと自分を抑えつつ、ぬかるみで指を泳がせ、くすぐるように刺激してやる。蜜が粘り、糸を引く。クリトリスというのがあるはずだと思ったが、生半可《なまはんか》な知識で余計なことはできなかった。とにかく舞香の表情をうかがいながら、反応がいいところをいじりまわした。

「……もういい」

舞香は双頰を生々しいピンク色に染めた顔で、ふうっと息を吐きだした。

「もう欲しくなっちゃったけど、どうしよう……」

「どうしようとは？」

三樹彦は上体を起こした。

「わたしが上になる？　それとも……」

どうやら気を遣われているらしい。騎乗位で結合するのは簡単だが、男の初体験がそれでいいのかと……。

「僕が上になります」

三樹彦はきっぱりと言いきった。自信はなかったが、やってみたかった。舞香はうなずいてくれたが、そのとき、三樹彦は重要なことを思いだした。

コンドームがない……。

「大丈夫」

察してくれたらしく、舞香が耳元でささやいた。

「わたし、生理不順でピル飲んでるから……中で出しても、いいよ……」

三樹彦は感動に打ち震えた。初体験にして生挿入。中出しのお許しが出るなんて、こんな幸運があってもいいのだろうか……。

とはいえ、感動していられたのは、ほんの束《つか》の間《ま》のことだった。舞香があお向けになり、両脚を開いたからである。

うわあっ……。

三樹彦は股間のものをビクビクと跳ねさせた。

上になるか下になるかの二択で迷わず前者を選んだのは、この光景が拝みたかったからに他ならない。長い両脚がM字にひろげられ、その中心では秘めやかな匂いのするアーモンドピンクの花がひっそりと咲いている……。

身震いを誘う光景だった。男なら誰だって、女のこういう姿が見たい。もはや隠すところがなにもない、無防備であられもない姿を……。

騎乗位にも興味がないわけではなかったが、見た目のエロさは正常位のほうが遥かに上だろう。上に決まっている。いま目の前に差しだされている、舞香のM字開脚を見れば、問答無用で理解できる。

三樹彦は鼻息も荒く、舞香の両脚の間に腰をすべりこませた。あお向けになっている舞香を見下ろした。見れば見るほど、いやらしい姿だった。M字開脚だけでも破壊力満点なのに、舞香はパイパンなのである。黒い草むらの保護がない状態で、アーモンドピンクの花びらが剝きだし……。

三樹彦はビクビク跳ねているペニスを握りしめ、切っ先を濡れた花園にあてがった。ヌルリとこすれた感触だけで、意識が遠のきそうなほど気持ちよかった。

「……そこ」

舞香は小さく言うと、両手を差しだしてきた。ハグをしてほしいという仕草である。無念だった。パイパンの花を自分のペニスで貫く一部始終を観察したかったが、舞香がハグを求めているならそれに応えるしかあるまい。

上体を被せて、舞香を抱きしめた。穴の位置は舞香が特定してくれたので、間違っていないだろう。あとはそのまま腰を前に送りだせばいいはずだが……。

うまくいかなかった。

なんというか、角度が合っていない気がする。

舞香のM字開脚を見たことで興奮は最高潮、鼻息荒く腰を前に送りだしても、ペニスがなかなか入ってくれない。はじき返されてしまう。そもそも入るという状態がどういうものかわかっていないので、闇雲《やみくも》な悪戦苦闘が続くばかりだ。

「大丈夫」

舞香はどこまでもやさしかった。火を噴きそうなほど熱くなっている三樹彦の頰を手のひらで包むと、甘いキスを与えてくれた。それから、もじもじと腰を動かして角度を調整しはじめた。

「きて」

三樹彦はうなずいて何度目かのアタックに挑んだ。なんとか先端が入った。そのままずぶずぶと貫いて、根元まで沈めこんでいく。これは入っている、という実感があった。

舞香を見た。眼をつぶり、顔を歪めている。苦しそうだが、大丈夫だろうか？　とにかく、動いてみるしかなかった。ピストン運動だ。抜いて、入れて……。

自分で自分が嫌になってきた。本能のまま腰を動かしても、ＡＶ男優のようにならない。カクカクしていて、我ながら滑稽すぎる。

どうすればコツがつかめるのだろう？　焦れば焦るほど、腰使いはぎくしゃくしていくばかりだ。

泣きそうな顔になっている三樹彦を見かねたのだろう。舞香が肩を押してきた。三樹彦が上体を起こすと、そのままあお向けに倒された。騎乗位に体位が変わった。

助かった、と三樹彦は内心で安堵の溜息をもらした。もはや見た目がエロいとかエロくないなどと言っている場合ではない。正常位のままだったら、おそらく完走できなかっただろう。せっかく中出しの許可をもらったというのに……。

三樹彦に馬乗りになった舞香が、ゆっくりと腰を動かしはじめる。股間をしゃくるような前後運動だ。元ダンサーだけに動きにキレがある。クイッ、クイッ、と股間をしゃくるリズムに呑みこまれると、三樹彦はそのとき初めて、性器と性器をこすりあわせる快感に目覚めることができた。

これは……気持ちいい……。

舞香の中はよく濡れて、ヌメヌメした肉ひだにペニスが包みこまれていた。舞香が動くたびに、くちゅっ、ぬちゅっ、と淫らな音がたつ。気持ちよさの秘訣はその感触だけではなく、リズムなのだと思った。考えてみればオナニーだってそうだ。自分の手の感触なんて気持ちよくもなんともないが、リズムによって射精に至る。

「あああっ！」

舞香が髪を振り乱して声をあげた。こちらが気持ちいいということは、相手も気持ちがいいということらしい。舞香のピッチがあがる。いよいよ元ダンサーの本領を発揮して、サンバを踊るように腰使いに熱をこめる。だが、自分ばかりがマグロのように横たわっているのがいかにも間抜けだ。

プルンッ、プルルンッ、と揺れはずんでいる双乳に、三樹彦は両手を伸ばした。マシュマロのように柔らかいのに、ゴム鞠《まり》のように弾力がある、不思議な隆起を揉みしだく。さらにピンク色の乳首をつまみあげてやると、

「ああっ、いやっ！　あああっ……」

舞香は切迫した声をあげ、ますます髪を振り乱した。

自分にできることはこれくらい、とばかりに、三樹彦は念入りに乳房を揉みしだきつつ、乳首をいじりまわした。腰を使っているせいで、舞香はひどく汗をかいていた。乳房も例外ではなく、汗でヌルヌルになっている丸い隆起を揉みしだいていると、たまらなく淫らな気分になった。

そんなふうに双乳と戯《たわむ》れながらも、三樹彦の意識の半分はペニスにある。完全に女

の体の中に埋まっている。

舞香は前後運動の中に、時折、腰のグラインドを混ぜてきた。ペニスを咥えこんだまま腰をくねらせては、また前後に動きはじめる。

緩急をつけた練達な動きに舌を巻くしかなかったが、その直後、舞香がまだ本気を出していなかったことを思い知らされた。

両脚を立てたのだ。

三樹彦の腰の上でM字開脚を披露すると、今度は前後運動ではなく、股間を上下に動かしはじめた。女の花を唇のように使い、ペニスをしゃぶりあげるように……。

あまりにもどぎつすぎる光景に、三樹彦は乳房と戯れていられなくなり、あんぐりと口を開いた。

騎乗位は正常位よりエロくないなどと思っていた自分は、なにもわかっちゃいなかった。あお向けのM字開脚もいやらしかったが、これは……。

しかも、舞香はパイパンなのだ。股間を隠すものがなにもないのだ。結合部が完全に丸見えで、アーモンドピンクの花びらがペニスに吸いついたり、奥に巻きこまれていく様子がつぶさにうかがえる。

「ああっ、いやっ……あああっ、いやあああっ……」

舞香は恥ずかしげに眼の下を紅潮させつつも、感じているようだった。眉根を寄せ、ハアハアと息をはずませている表情がいやらしすぎた。おまけに腰を落としてくるたびに、ずちゅっ、ぐちゅっ、と卑猥な音がたった。蜜を大量に漏《も》らしているのだ。

「きっ、気持ちいいっ……気持ちいいよっ……」

ささやきながら身をよじり、汗まみれの乳房をタプタプと揺する。股間の上下運動にも、腰のグラインドが混じる。股間でペニスをしゃぶりあげては、根元まで呑みこんでぐりぐりしてくる。

「とっ、届いているっ……いちばん奥までっ……届いてるうっ……」

三樹彦もそれを感じていた。亀頭にコリコリしたものがあたっていた。これが子宮だろうか？　女は子宮に亀頭があたると気持ちがいいのか？

「あああああーっ！」

淫らに歪んだ悲鳴を撒《ま》き散らしながら、舞香が股間を上下させる。その動きに、完全に没頭している。パチーン、パチーン、と尻を打ち鳴らして、勢いよく股間を落としてくる。もはやダンスを踊っているようには見えない。ただひたすらに、快楽をむさぼっている。可愛い顔をして、肉の悦《よろこ》びに溺れている。

ぎりぎりまで細めた眼をねっとりと潤ませて、こちらを見てきた。半開きの唇から、歪んだ悲鳴と昂《たか》ぶる呼吸が絶え間なく吐きだされている。いまにも感極まって泣きだしそうな顔をして、それでも見つめてくる。なにか言いたげに……。

「わっ、わたし、イッちゃいそうっ……」

ええっ？　と三樹彦は身構えた。三樹彦のほうこそ、もうすぐ射精しそうだったのだ。どうすればいいかわからないまま、舞香を見上げる。ハアハアと息をはずませながら、動きに熱をこめていく。パチーン、パチーン、と尻を鳴らす。その動きの目的は、子宮に亀頭をぶつけるため……。

「イッ、イクッ！」

舞香は喉を突きだしてのけぞり、ガクガクと腰を震わせた。肩も腕も太腿も、どこもかしこも震わせながら、激しく身をよじった。乳房の先端から、汗の粒が飛んできた。あられもないM字開脚のまま、二度、三度と、したたかに股間をしゃくった。

三樹彦はもう、射精をこらえきれなかった。

絶頂に達した姿を見せつけられて、こらえきれるわけがない。

「ああぁっ……はぁあああっ……」

「おおおーっ！　うおおおおおーっ！」

舞香が放っている甲高《かんだか》い悲鳴を押しのけるように、野太い雄叫《おたけ》びをあげた。次の瞬間、舞香の中で限界まで硬くなったペニスが震えた。爆発が起こった、と思った。煮えたぎるほど熱い粘液が、すさまじい勢いで吐きだされた。

なにがなんだかわからなかった。自慰で味わうのとはまったく違う質量の快楽が、畳みかけるように襲いかかってきた。ペニスの芯、いや、体の芯に電流が走っているようだった。野太い声をもらしながら、身をよじりつづけた。じっとしていることなんて、とてもできなかった。

やがて、舞香が上体を被せてきた。細身の体なのに、ぐったりしていて重かった。素肌という素肌が驚くほど熱く火照《ほて》っていた。きっと自分もそうだろうと思った。抱きしめると、舞香がキスをしてきた。三樹彦もキスを返した。

余韻の吐息をぶつけあいながら、長々と舌を吸いあった。

三樹彦はほとんど放心状態だった。

なにかをやり遂げた達成感を、これほどありありと嚙みしめたことは、間違いなく生まれて初めてのことだった。

第三章　黒いTバック

1

季節が流れた。

花冷えから、風薫る初夏へ。

舞香が隣に引っ越してきてから、ひと月が経ったいま、三樹彦の生活は驚くほど充実していた。もはや若隠居とは言えないんじゃないか、ともうひとりの自分が苦笑していた。たしかにそうかもしれない。

なにしろ、恋人ができてしまったのだ。舞香は未亡人だから、はっきり告白して気持ちを確かめたわけではない。それでも、いつも一緒にいる。そういうライフスタイルが確立されかけている。

朝はふたりで川べりの道を散歩する。

正確にはのんびり歩いているのは三樹彦だけで、舞香はジョギングをしているのだが、見晴らしがいいので、彼女が走っている姿がいつも見えていた。ひとりで散歩しているときとは、あきらかに気分が違った。

散歩が終われば朝食だ。

トーストに目玉焼きにコーヒー程度のものだが、三樹彦の部屋で一緒に食べる。よほど居心地がいいようで、舞香はいつも三樹彦の部屋に入り浸っている。

それから三樹彦は仕事に出かけるが、舞香は部屋に残る。掃除や洗濯をしてくれることもあるが、彼女はいま、求職活動中なのである。

ダンススクールのインストラクターというレアな職種なので、なかなかいい話がないらしい。べつの仕事を探したほうがいいのかな、とこぼしているのを何度も聞いた。三樹彦はその件については口を挟まなかった。乞われれば協力は惜しまないつもりだが、自分から他人の人生に踏みこんでいくのは柄じゃない。

仕事から帰ってくると、舞香が夕食の準備をして待っていてくれる。食材が足りないというメールを受けて、三樹彦がスーパーに寄ってくることもある。ふたりで食べる食事はとにかく楽しい。ひとりで食べていると、ただ単に空腹を満たすためとか、栄養を摂《と》る感じになってしまうけれど、ふたりだと完全にイベントだ。それが朝夕毎日あるのだから、満たされた気分になって当然である。

もはや同棲しているようなものだった。

この俺が同棲？　と三樹彦は自分でも驚いていた。

なんとなく、自分は一生独《ひと》り身だろうと思っていたからだ。恋愛やセックスに向かないのだから、女と一緒に暮らすことなんてイメージできるわけがない。

だが、経験してみると、これほど愉快なものはなかった。部屋で待っている女がいると思うだけで、仕事をする意欲もわいた。

経験して初めてその素晴らしさを実感した、という意味では、セックスもそうだった。同棲生活は楽しいことばかりだったけど、メインイベントはもちろんセックスに決まっている。

夕食の後片付けをすませ、コーヒーを飲みながらおしゃべりをし、たまにはお酒を飲んではしゃぐこともあるが、夜が深まってくると、お互いにそわそわしてくる。舞香が自分の部屋の風呂に入りに行ったり、その隙に三樹彦もシャワーを浴びたり、暗黙の了解のうちに準備を整える。

そんなある日のことだ。

シャワーを浴びた三樹彦は、ロッキングチェアに揺られてぼんやりしていた。舞香が戻ってくれば、本日のメインイベントのゴングが鳴る。湯上がりでリラックスしつつも、程よい緊張感を覚えていた。

やがて、舞香が部屋に戻ってきた。いつもと装いが違った。

「これ、今日Rで買ってきたんだ」

湯上がりで桃色に染まった顔で言った。Rというのは H市でいちばん大きなショッピングモールで、「これ」というのはバスローブのことだ。白いパイル地で、とても着心地がよさそうだった。

「なんか変な感じ」

三樹彦は笑った。

「こんなボロアパートに住んでいるのに、セレブみたいじゃない？」

「そうだね」

舞香も笑う。だが、白いバスローブに身を包んだ彼女は、どんなセレブにも負けないくらい可愛い、と三樹彦は思った。可愛くて、綺麗で、潑剌として、まぶしいくらいに光り輝いている。

恋心による錯覚だろう、と思わないこともなかった。しかし、錯覚であろうがなかろうが、そういうふうに見えるのだからしかたがない。舞香は魅力にあふれている。ショートカットがよく似合う小顔、猫のように大きな眼、すっきりした首筋、雪のように白い素肌、それから、それから……。

「買ってきたの、バスローブだけじゃないんだよね」

舞香が意味ありげにささやいてきた。

「なんだい？」

「三樹彦くんも喜んでくれるはず」

「だからなに？」

首をかしげるばかりの三樹彦をからかうように、舞香は腰を左右に振った。ダンスを踊るような仕草だった。それから、バスローブのベルトをといた。脱ぎ捨てた瞬間、三樹彦は身を乗りだした。

舞香が黒いセクシーランジェリーを着けていたからだ。ハーフカップで胸の谷間を強調したブラジャーと、両サイドが紐で、ほとんど局部しか隠していないような小さなパンティ——たしかバタフライと言うんじゃなかったか？

舞香は下着の好みは若々しく健康的で、白やパステルカラーばかりだった。そんなストリッパーの衣装のようなものは見たことがない。もはや下着ではなく、男を挑発するためだけに開発された代物《しろもの》だった。はっきり言って、全裸よりエロい。

とはいえ、手脚の長いしなやかなスタイルに、そのセクシーランジェリーはよく似合っていた。色香が倍増、いや三倍増した感じだった。なんとなく、眼つきも妖《あや》しい。悩殺的な下着を着けたことで、妖艶《ようえん》な気分になっているのかもしれない。

三樹彦はロッキングチェアから立ちあがろうとした。舞香がバスローブを脱ぎ捨てた瞬間から、痛いくらいに勃起していた。

しかし、

「待って」

と舞香が制してきた。

「わたし、今日まだストレッチしてないから……」

「はっ？　その格好でするのかい？」

「うん」

舞香は屈伸をしてから、ひとりでベッドにあがっていった。彼女がこの部屋のベッドの上でストレッチやヨガをするのは、珍しいことではなかった。むしろ日課と言っていいくらいだ。それをロッキングチェアに揺られながら眺めているのが、三樹彦のひそかな楽しみでもあった。

だが、いつもはTシャツと短パンなのに、今日はセクシーランジェリー。光沢のあるなめらかな黒いナイロンが、局部だけを隠しているようないやらしすぎる格好なのである。

どういうつもりかわからないが、舞香は両脚を一八〇度開脚すると、上体を伏せた。いつも感心するけれど、本当に体が柔らかい。感心しつつも、三樹彦の視線は彼女のヒップに向かっていく。前から見てもいやらしすぎるパンティは、後ろのデザインがなおいやらしかった。Tバックだ。尻の桃割れに黒い紐が食いこんで、プリンとした白い双丘が完全に丸出しである。

舞香は続いて、こちらを向いて横向きになった。片脚を時計の針のように動かしはじめた。なかなかにエロティックな光景だった。舞香の表情が真剣だからだろう。いつもはヘラヘラ笑いながらやるのに……。

笑いはエロスを緩和させるが、真剣な表情は加速させる。ストリッパーじみた格好でストレッチをするなんて、ある意味かなり滑稽なのに、まなじりを決しているような表情が、男心をむらむらさせる。

「思い出に残りそうでしょ？」

不意に、舞香が言った。

「脳内シャッターを切ってる音、聞こえてるよ、三樹彦くん」

次の瞬間、舞香はあお向けになってブリッジした。美しいアーチは惚れぼれするようなものだったが、格好が格好である。

三樹彦は思わず立ちあがり、舞香を下半身のほうから眺めた。股間にぴったりと貼りついた極小パンティが卑猥すぎて、瞬きができなくなった。血走った眼つきで、ブリッジする女体を舐めるようにむさぼり眺めた。

2

もう我慢の限界だった。

舞香がストレッチを始めてから五分と経っていなかったが、三樹彦は辛抱たまらなくなり、腰を屈めてそわそわしていた。

Tシャツとデニムパンツを脱ぎ捨て、ブリーフ一枚でベッドにあがっていくと、ベッドのマットが波打って、

「きゃっ！」

と舞香はブリッジの体勢を崩した。

三樹彦はすかさず身を寄せ、肩を抱いた。

「まだストレッチ終わってないんですけど……」

恨めしげな眼を向けられたが、かまわず唇を重ねていく。さんざん挑発しておいて、その言いぐさはなんだと思った。いやらしすぎる自分がいけないんじゃないか。ストレッチを邪魔したことは申し訳ないが、ストレッチよりもっと汗をかかせてやろうと胸に誓う。

「あんっ、ダメッ……」

腕の中で、舞香がいやいやと身をよじる。本気で嫌がっているわけではない。抵抗の素振りもまた、挑発行為の一環だ。

三樹彦はもう、なにも知らない童貞ではなかった。このひと月の間、毎日のように舞香と体を重ねたことで、セックスへの理解を深めていた。

まずはブラジャーのカップを強引にめくりさげ、乳房を露出させた。カップの浅いブラジャーだったので、容易にできた。まだ背中のホックがはずせないわけではない。そんなことはとっくの昔にマスターしていたが、せっかくのセクシーランジェリーをいきなり脱がしてしまうのがもったいなかったのである。

「あああっ……」

馬乗りになって両の乳首を舐めまわすと、舞香はいやらしい声をもらした。清らかなピンク色をしているくせに、本当に感度の高い乳首だった。

それに加え、セクシーランジェリーを身につけて大胆なストレッチをすることで、彼女自身も興奮していたのだろう。乳首がツンと尖りきるころには、眼の下をねっとりと紅潮させ、ハアハアと息をはずませていた。あきらかに、いつもよりスイッチが入るのが早かった。

ならば、と三樹彦もいつもより早いタイミングでクンニリングスを始めてやろうと思った。馬乗りになったまま後退《あとずさ》り、舞香の両脚の間に陣取る。

「ストレッチ、まだ続けたかったんだよね？」

ささやきかけると、舞香は首をかしげた。意味がわからない、という顔をしている。だがその顔は、すぐにひきつった。

三樹彦が両脚をひろげながら、体を丸めこんでいったからである。いわゆるマングり返しの体勢だ。一度やってみたかったのだが、いまほど絶好のタイミングはないだろう。

逆に舞香は、

「いやいやいやっ……恥ずかしいよっ……」

と焦っている。下着姿で一八〇度開脚をしたり、ブリッジしてみせた彼女も、さすがにマングり返しは恥ずかしいらしい。

なにしろこのやり方なら、女の花とその持ち主の顔を、同時に眺めることが可能なのである。バタフライじみた極小の黒いパンティは、まだ舞香の股間に貼りついている。三樹彦は指を引っかけ、それをめくっていく。

毎日のようにやっているのに、この瞬間はいつだって胸が高鳴る。光沢のある黒い生地の下から、白く輝く小丘が姿を現す。エステサロンに何カ月も通って処理したらしい。剃《そ》り跡などまったくない、つるつるのピカピカだ。

さらにパンティをめくっていくと、アーモンドピンクの花びらが現れる。くにゃくにゃと卑猥に縮れつつも、行儀よく口を閉じている。合わせ目の縦一本筋に、三樹彦は悩殺された。何度見ても、悩殺されずにはいられなかった。

「んんんっ……」

縦筋をねろりと舐めあげると、舞香は鼻奥で悶えた。眉根を寄せ、ぎりぎりまで細めた眼つきがいやらしい。視線を合わせながら、ねろり、ねろり、とさらに舐める。

なんておいしいんだろうと思う。世の中にはクンニを忌《い》み嫌う男もいるらしいが、理解できない。貝肉を彷彿とさせるこの舐め心地、そして、ほのかに漂ってくる牝《めす》の芳香。ねろり、ねろり、と舌を這わせるほどに、それは強くなっていく。

やがて合わせ目がほつれてくると、三樹彦は左右の花びらを口に含んで丁寧にしゃぶった。しゃぶり心地もまた、人間の体の一部とは思えないほどいやらしい。しゃぶるほどに厚みを増していき、蝶々のようにぱっくりと開く。つやつやと濡れ光る薄桃色の粘膜が、恥ずかしげに顔をのぞかせる。

「あああっ……はぁあああっ……」

舌に加えて指の刺激も加えてやると、舞香はいやらしい声がとまらなくなった。三樹彦は蜜をたたえた窪みに舌を這わせながら、花びらの合わせ目の上端を指でいじっていた。

クリトリスがあるところだ。もうどこにあるのか理解しているが、まだ包皮を被ったままなので見えない。焦る必要はどこにもないので、包皮の上から刺激する。窪みを舐めるほどにあふれてくる蜜を使って、ねちっこくいじりまわす。

「くっ……くぅうっ……」

ペロリと包皮を剝いてやると、舞香の顔は紅潮したまま歪んだ。剝き身のクリトリスに、三樹彦の吐息がかかっているからだろう。舐められたときのことを想像し、身構えているのがよくわかる。

クリトリスとは、なんて綺麗なのだろう――三樹彦はまぶしげに眼を細めた。小粒の真珠のようにキラキラと輝いて、そのくせ刺激がほしくてふるふると震えているところがたまらない。

三樹彦は舌先を尖らせ、割れ目の下端から上端までツツーッとなぞってから、クリトリスをレロレロと舐め転がした。

「あううぅーっ！」

舞香が鋭い悲鳴をあげる。宙に浮いている脚をジタバタさせる。たまらないようだった。いやらしい刺激に正気を失いそうになっていることが、ありありと伝わってくる。

三樹彦は舌を踊らせた。薄桃色の粘膜を舐めまわし、じゅるじゅると蜜を啜《すす》りたてては、クリトリスを舌先で転がした。顔面ごと股ぐらにこすりつける感じで、夢中になって愛撫した。顔から噴きだしてきた汗と舞香が漏らした蜜が混じりあって、顔中がヌルヌルしはじめた。

いい感じだった。まみれている実感がたまらなかった。舞香が太腿で顔を挟んでくると、それもきっちり受けとめた。舞香は全体的にスレンダーでうっとりするほど長い美脚の持ち主だが、太腿でぎゅうっと顔を挟まれると、ムチムチした肉感を余すことなく味わうことができた。

3

前に一度、舞香に訊ねたことがある。

「どの体位がいちばん好きなの？　イキやすいっていうか」

舞香は大きな黒眼をくるりとまわしただけで、答えてくれなかった。

「教えてくれよ、今後のためにも……」

「そういう無神経な質問、女の子にしないほうがいいよ、三樹彦くん」

取りつく島もなかった。

ベッドの中では大胆で、欲情を隠さず、どこまでも情熱的な彼女だが、露骨なことを口にすることは極端に嫌がる。三樹彦が童貞であることを告白しても揶揄《やゆ》したりせず、やさしくリードとしてくれたのは、そういうメンタリティの持ち主だからだ。彼女にとってセックスは、冗談半分のおしゃべりの対象ではないのである。

だが三樹彦はもう、舞香がイキやすい体位を知っていた。ひと月も毎日のように体を重ねていれば、自然とわかった。そうやって察していくものだ、と舞香は言いたかったのかもしれない。

「ねっ、ねえ……」

マングり返しで舐めまわされていた舞香は、震える声で言った。いやらしいほどに潤みきった眼から、いまにも涙がこぼれ落ちそうだった。

「わたし……もう欲しい……欲しくなっちゃった……」

三樹彦はうなずき、マングり返しの体勢を崩した。うながした体位は、立ちバックだった。ふたりでベッドをおりた。立った状態で抱擁し、熱いキスを交わしてから、舞香の両手をベッドにつかせた。

舞香は後ろから突かれるのが好きなのだ。もちろん、正常位や騎乗位も好きに違いないが、バックからだと圧倒的にイキやすい。

三樹彦は舞香の後ろにまわりこみ、突きだされたヒップを撫でた。ダンスでシェイプアップされた、小さな尻に涎《よだれ》が出そうになる。美しい尻の条件は、尻の隆起と太腿の境界がはっきりとわかることらしいが、彼女はそうだった。いやらしいパンティをまだ穿いたままだったが、片側によければ問題なく挿入できるだろう。

「いくよ……」

切っ先を濡れた花園にあてがうと、舞香は前を見たままうなずいた。背中に食いこんでいる黒いブラジャーと、尻にしがみついている黒いTバックが、三樹彦をいつも以上に奮い立たせた。

どういう心境なのかよくわからないが、舞香が自分とのセックスを楽しんでいることは間違いなかった。もっと楽しもうとセクシーランジェリーを買い求めてきてくれたなら、それに勝る歓《よろこ》びはない。

三樹彦は腰を前に送りだした。マングリ返しで愛撫した蜜壺は、奥の奥までよく濡れて、ずぶずぶと入っていけた。舞香は息をつめている。ずんっ、と突きあげると、胸に溜めていた空気ごと、歓喜の悲鳴をあげた。

三樹彦は腰を使いはじめた。まずはゆっくり、肉と肉とを馴染ませるように……スローな抜き差しとグラインドを織り交ぜる。セックスに慣れてくるにしたがって、ヌメヌメした肉ひだの感触をじっくりと味わえるようになった。何度味わっても、いやらしさに感嘆しないわけにはいかなかった。

自然とピッチがあがっていく。ヌメりながら締めつけてくる蜜壺の感触が、欲望をつんのめらせる。舞香はまだ声をあげていない。昂ぶる呼吸の音だけが聞こえてくる。だが、声を我慢できるのはここまでだ。

三樹彦はギアをあげ、パンパンッ、パンパンッ、と舞香の尻を打ち鳴らした。

「あああっ、いやああああーっ！」

舞香が背中を反らせて絶叫する。三樹彦の両手は、しなやかにくびれた彼女の腰をがっちりつかんでいる。連打を打ちこんでいく。どんな体位であれ、舞香が乱れるのは子宮に亀頭があたったときだ。だからなるべく、深く突く。引き抜くときはゆっくり、エラで内側の肉ひだを逆撫でにしつつ、打ちこむときは全力だ。

「あああああっ……はぁあああっ……」

舞香が腰をくねらせる。三樹彦には、亀頭で子宮を叩いている感覚がある。ということは、彼女には叩かれているという感覚があるということだ。さらにピッチをあげた。パンパンッ、パンパンッ、と音を鳴らしながら、渾身《こんしん》のストロークで最奥にえぐりこんでいく。

「いっ、いやっ……いやよっ……」

舞香が髪を振り乱す。ショートカットなので、そうするとうなじが見える。細く長い首は、彼女のチャームポイントのひとつだった。とても女らしい。そこがほのかに紅潮してくる。耳はすでに真っ赤だ。

「ちょっ、ちょっと待ってっ！　イッ、イッちゃうっ……そんなにしたらイッちゃうってばっ……」

前を向きながら、後ろの手を伸ばして三樹彦の腰や太腿をまさぐってくる。ペースを落としてと哀願してくる。しかしそれは、彼女の本音ではない。連打を放つたびに蜜壺のすべりはどんどんよくなり、あふれた蜜が三樹彦の陰毛を濡らしている。玉袋の裏まで垂れてきている。

これほど濡らしておいて、絶頂を嫌がるわけがない。早々にイカされるのは恥ずかしいのかもしれないが、体はそれを求めている。

「あああああっ、ダメッ……イッちゃうっ、イッちゃうっ、イッちゃうっ……はぁああああああーっ！」

ビクンッ、ビクンッ、と腰を跳ねさせて、舞香は最初の絶頂に達した。三樹彦はいったん、抜き差しをとめた。蜜壺に埋まっているペニスはパンパンに膨張したまま、オルガスムスの痙攣を悠然と受けとめている。童貞のときはあれほど頼りなかったのに、いまはずいぶんと逞《たくま》しい。

舞香の体の震えが治まると、三樹彦は後ろから双乳をすくいあげ、彼女の上体を起こした。

舞香が振り返る。磁石のS極とN極が引きつけあうように、唇と唇が吸いついていく。口を開けて舌をからめあう。舞香の口の中は、いやらしいくらい唾液があふれていた。三樹彦は甘い唾液に舌鼓《したつづみ》を打ち、啜って嚥下《えんげ》した。

「待ってって言ったのに……」

舞香は恨みがましい眼で睨んできた。しかし、顔全体がオルガスムスの余韻に蕩《とろ》けているから、迫力はない。

バックハグで舞香を抱きしめている三樹彦は、ブラジャーから強引にくびりだされている乳房の先端をコチョコチョとくすぐった。

「やんっ！　いま敏感だからやめて……」

舞香がいやいやと身をよじったので、三樹彦はもう一度キスをした。ねっとりと舌をからめあいながら、腕や腹部を撫でさすった。舞香は性感帯以外も体中が敏感になっているようで、そうすると身をくねらせる。後ろから貫いているペニスが、可愛い小尻の中でヌメヌメと肉ひだとこすれあう。

ピストン運動を再開したい――眼顔で訴えると、舞香は渋々うなずいて上体を倒し、再びベッドに両手をついた。

三樹彦は彼女の腰をつかまえて、抜き差しを再開した。とはいえ、立ちバックのまま続ける気はなかった。舞香の脚を、片方ずつベッドに載せた。自分は立ったたまま、舞香を四つん這いの格好にした。

「くっ……くぅうっ……」

立ちバックより四つん這いのバックのほうが、深く結合できる。そんなことは、舞香だってよく知っている。知っているから、四つん這いの背中がこわばっている。

「あああああーっ！」

連打を打ちこむと、舞香は痛切な悲鳴をあげた。

「ダッ、ダメッ……ちょっ……まっ……そんなにしたらダメッ……ダメだってばああーっ！」

三樹彦はかまわず怒濤《どとう》の連打を繰りだしていく。パンパンッ、パンパンッ、と尻を鳴らして、立ちバックより深まった結合感を満喫する。さっきより悠々と亀頭で子宮を突きあげられる。コリコリした子宮の感触が心地いい。

「あああっ、ダメダメダメッ……またイッちゃうっ……またイッちゃうっ……イクイクイクイクッ……はぁあおおおおおーっ！」

獣《けもの》じみた咆哮《ほうこう》を放って、舞香は二度目の絶頂に達した。ビクンッ、ビクンッ、と跳ねる腰の動きが、先ほどより激しかった。ということは、先ほどより深い快感を味わっているということだろう。

三樹彦はまだ射精まで余裕があったが、満足感に胸が熱くなった。愛する女を性的に満たしてやると、男というものはこれほどの満足感が味わえるのかと思った。ならばもっとイカせてやりたい。自分とでなければ味わえない快感というものを、この美しく淫らな体に、きっちりと刻みこみたい。

4

いったん休憩になった。

いくら舞香がセックスの好きな女でも、立てつづけに二度もイカせてしまっては、そうするしかなかった。

三樹彦はまだ射精していなかったが、かまいやしなかった。男は女と違って、立てつづけに射精することができない。ならば、最後の最後まで、放出は我慢しておくべきだろう。放出すれば、本日は終了になってしまうから……。

「意地悪」

舞香が唇を尖らせて言った。

「ダメだって言ったのに……その前だって待ってってって……」

ふたりは添い寝の体勢で身を寄せあっていた。三樹彦は舞香に腕枕をし、舞香の手も三樹彦の胸に触れている。だから本気で怒っているわけではない。とはいえ、本気で悔しそうではある。

おそらく、最初のセックスのことを思いだしているのだろう。童貞だった三樹彦は、なにもできないまま舞香にリードされていた。なのにたった一カ月で立場は逆転。正確には完全に逆転したわけではないけれど、ここまで翻弄されてしまったことが悔しいのである。

気持ちはよくわかった。だからこちらも欲望のままにピストン運動を続けず、いったん休憩なんてことをしている。

じっくりと楽しみたいからだ。大切に育《はぐく》みたいからだ。舞香と出会って結ばれたのは運命だと、三樹彦は信じている。あるいは、諦めがいい草食系男子の運命を、彼女が変えてくれた。人を愛することを教えてくれた……。

彼女と一緒にいれば気持ちが華やぎ、見慣れた景色もキラキラと輝いて見える。一緒に食事をしているだけで、なんとも言えない充実感がある。そして、セックスはどこまでもエキサイティング――この先、彼女ほど愛せる女に出会えることなんてたぶんない。

「仕事、見つかりそうかい？」三樹彦は舞香の髪を撫でながら訊ねた。

「もし見つかりそうにないなら、僕にひとつ、アイデアがあるんだけど……」

勃起しながら話すようなことではなかった。しかし、もう黙っていることはできなかった。

自分から他人の人生に踏みこんでいくのは柄じゃない――そう思っているのは嘘ではないが、舞香はもう、他人ではない。こんなにも愛している女が困っているというのに、手を差しのばさなければ男がすたる。

「なあに、アイデアって……」

舞香の眼つきはまだトロンとしていた。ピンク色に染まった頬に絶頂の余韻が生々しく残っていたが、三樹彦は話を続けた。

「ダンススクールの就職口がないなら、自分でダンススクールをつくっちゃえばいいじゃないか」

「ええっ……」

舞香はさすがに驚いたようだ。

「ダンスだけじゃ人が集まらないなら、ヨガとかのコースも用意してさ。ダイエット効果を前面に出せば、こんな田舎《いなか》でも需要があると思うんだよね」

「でも、そんなお金……」

「僕にまかせて」

三樹彦は不敵に笑った。軍資金なら、ある。

数日前のことだ。いつもは無視するのに、長兄からの電話をうっかりとってしまった。三樹彦のぶんの遺産相続金を口座に振りこむから確認してくれと告げられた。相続は放棄したはずだと断ったが、長兄は聞く耳をもってくれなかった。

ネットバンキングで確認すると、本当に一千万円近くが振りこまれていた。父親が創業した会社を引き継いだ長兄、実家でなくともなんらかの不動産を手に入れたに違いない次兄と比べれば、微々たる額に思えた。馬鹿にしている、と溜息が出たが、元々あてにしていなかったので、どうでもよかった。

この町にいれば、金なんて使わないのだ。給料は東京にいたときの半分近くになったけれど、驚くべきことに毎月貯金ができている。浪費などしなくても、この町では幸せに暮らすことができる。

舞香がダンススクールの話に乗ってくれるなら、惜しみなく全財産を渡すつもりだった。もちろん、勝算がないわけはもない。国民的アイドルの振りつけを担当したことがあるくらい、彼女の実力は折り紙つき。東京のダンススクールと遜色《そんしょく》のないレッスンを提供できるに違いない。

しかも、舞香は若くて可愛い。日本人は結局、若くて可愛い女に弱いのだ。同じジム通いをするなら、冴えない中年男がインストラクターのところより、舞香を選ぶに決まっている。

「自分のダンススクールか……」

舞香は遠い眼でつぶやいた。

「まさか三樹彦くんが、そんなことまで考えてくれてるとは思わなかった……」

「どうして？」

「だって……」

その続きは聞きたくなかったので、三樹彦は舞香の唇をキスで塞いだ。舞香がひどく哀しそうな顔をしたからだった。よくないことを言われそうな予感がした。たとえば、亡くなった夫のことをまだ完全に忘れられないとか……忘れられないからこそ、よく似た三樹彦とこうして毎日顔を合わせているとか……。

「答えは急がないから、考えといて……」

三樹彦はキスをやめて、舞香の髪を撫でた。頬を手のひらで包むと、燃えるように熱かった。舞香は小さな溜息をつき、長い睫毛《まつげ》を伏せる。

「なんか、ごめん……エッチな気分じゃなくなっちゃったね？」

三樹彦は半勃《はんだ》ちになってしまった自分のペニスを見て苦笑した。ここでやめても、べつによかった。明日だって明後日だって、舞香を抱くことはできるからだ。二度もイッたので、舞香が満足していないということもないだろう。

「エッチはやめて、お酒でも飲もうか？　スーパーで安売りしてたから、ワイン買ってきたんだ。ナチュラルチーズもある」

「やだ」

「えっ……」

「続きがしたい……」

舞香は不意に眼つきを変えると、四つん這いになった。三樹彦の両脚の間に陣取り、ピンク色の舌でサクランボのような唇を舐める。右手で半勃ちのペニスに触れると、左手で髪をかきあげた。

一度チラリとこちらを見てから、ペニスを口に含んだ。柔らかくなっているペニスを、ねろねろと口内で舐めまわされた。まだ射精を果たしていなかったペニスが元の形状を取り戻すのに、時間はかからなかった。数秒後には芯から硬く勃起して、舞香の小さな唇を淫らにひろげていた。

「ぅんんっ……ぅんんっ……」

鼻息をはずませて、舞香がペニスをしゃぶってくる。三樹彦は身をよじり、首に何本も筋を浮かべる。みるみる顔が熱くなっていく。よく動く舞香の生温かい舌が、体中を奮い立たせる。今日はもうセックスをしなくていいと思っていたことが嘘のように、彼女が欲しくてたまらなくなってくる。

だが、ひとつになりたいと伝えようとしたとき、舞香が三樹彦の両脚をひろげてきた。女のようなM字開脚にされ、焦った。

「やっ、やめろよ、恥ずかしい……」

「さっきのお返し」

舞香は濡れた瞳を妖しく輝かせると、睾丸を口に含んだ。思いきり吸いたててきた。痛くはなかったが、三樹彦は一瞬、頭の中が真っ白になった。魂《たましい》を吸いとられるような衝撃的な体験だった。

だがすぐに、我に返った。舞香が睾丸を吸いながら、勃起しきった肉棒をしごきはじめたからである。生々しい快感に、三樹彦の息はとまった。睾丸を吸われると、ペニスがいつもより敏感になるようだった。

舞香のいやらしい意趣返しは、それで終わりではなかった。今度はアヌスに舌を這わせてきた。

可愛い顔してなんてことをするんだ――三樹彦は啞然としたが、ヌメヌメした舌が尻の穴を這いまわる刺激に、ただ身悶えるばかりだった。舞香はアヌスを舐めながら、肉棒をしごきつづけた。しごき方もまた、いつも以上にいやらしかった。緩急をつけて手筒をスライドさせながら、時折ぎゅっと握ってくる。

「おおおっ……」

三樹彦はたまらず声をもらした。M字開脚でアヌスを舐められ、声をもらしてしまうなんて女みたいだと思った。恥ずかしくて顔から火が出そうだった。だが一方の舞香は、もっと三樹彦を悶えさせたいようで、アヌスに舌先を差しこんでくる。唾液にまみれてヌルヌルしている亀頭を、手のひらでねちっこく撫でまわしてくる。

「おおおっ……おおおおおっ……」

三樹彦は悶え声がとまらなくなり、激しくのけぞり続けた。舞香にはいろいろな愛撫をされたけれど、まだこんな新機軸が残っていたなんて、驚愕するしかなかった。本当にいやらしい女だった。いやらしくて可愛い……。

5

舞香がようやくアヌスから舌を離した。

ホッとしたのも束の間、すかさず三樹彦の腰にまたがってきた。乱れた前髪の奥で、眼つきが完全にエロモードに突入していた。身構える三樹彦を潤みきった黒い瞳で見つめながら、両膝を立てた。

M字開脚で結合するつもりらしい。

いつもは膝を倒した状態で結合し、盛りあがってきてから膝を立てるのに……。

舞香はパイパンだから、そのM字開脚はすこぶる衝撃的だ。足跡のついていない雪原のような小丘の下に、アーモンドピンクの花がいきなり咲いている。舞香は興奮にビクビク跳ねているペニスに手を添え、先端を花に導いていく。じっとりと湿った花びらの感触が亀頭に伝わり、三樹彦は大きく息を呑む。

「んんんっ……」

舞香は頰を赤らめた顔を恥ずかしげにそむけながら、腰を落としてきた。M字開脚の中心に、そそり勃ったペニスがずぶりと刺さる。舞香は軽く腰をまわしたり、股間を小刻みに上下させて、亀頭に蜜をこすりつける。そうしつつじりじりと結合を深めていく。

三樹彦からは、自分のペニスが呑みこまれていく様子がつぶさにうかがえた。息をとめている舞香の顔はみるみる真っ赤に染まっていったが、三樹彦の顔もまた、そうだったろう。こみあげてくる興奮に、呼吸なんてできない。

「あああぁーっ！」

すべてを呑みこんだ舞香が声をあげ、身をよじる。結合の衝撃を受けとめる動きが、いやらしい腰のグラインドへと移行していく。ずちゅっ、ぐちゅっ、という卑猥な肉ずれ音が、早くも結合部から聞こえてくる。

それを隠すように舞香は大きくあえぎながら、股間を上下に動かしはじめた。蜜壺を唇のように使って、ペニスをしゃぶりあげてきた。

三樹彦は彼女に両手を伸ばした。舞香がバランスを崩さないように、指を交差させた恋人繋《つな》ぎで支えてやろうと思ったのだ。

しかし、舞香はそれを拒んで上体を被せてきた。両脚は立てたままだった。まるで女郎蜘蛛《じょろうぐも》のような格好になって、三樹彦の乳首をチロチロと舐めてきた。

いやらしすぎるやり方だった。

ペニスと乳首の同時攻撃に、三樹彦は全身をこわばらせた。ヌメヌメした肉壺に埋まっているものが、限界を超えて硬くなっていった。バックスタイルで続けざまにイカされた意趣返しに、今度はこちらを翻弄してやろうと思っているのかもしれなかった。

実際、三樹彦は翻弄されていた。だがもう、なにも知らない童貞でもなかった。下から抱きしめると、舞香は両脚を立てていられなくなった。体を密着させて、舌を吸いたてた。舞香も吸い返してくる。昂ぶる呼吸をぶつけあい、お互い口のまわりを唾液まみれにして、濃厚な口づけに溺れていく。

三樹彦は舞香の下半身に手を伸ばした。尻の双丘を両手でがっちりとつかみ、両膝を立てた。下から突きあげるためだった。体を密着させているから、舞香の腰使いは深く咥えこんだペニスを蜜壺でこすりたてるようなものになっていた。そこにピストン運動を送りこむ。ずんずんずんっ、と突きあげれば、甘いディープキスに酔いしれていることはできなくなる。

「あああああーっ！」

声をあげ、髪を振り乱す。こちらを翻弄しようとしていた彼女が、いつの間にかひいひいと喉を絞ってよがり泣くことになっている。

三樹彦は尻の双丘を揉みくちゃにしながら、突いて突いて突きまくった。しかし、下からの連打はやはり、どこかもどかしい。体位を変えるために、上体を起こす。ハアハアと息をはずませている舞香は、熱でもあるようにぼうっとした顔をしている。その体をあお向けに倒して、正常位になる。

「あああっ……あああああっ……」

舞香はいまにも焦点が合わなくなりそうな眼を凝らして、必死にこちらを見つめてくる。三樹彦も見つめ返す。こちらはまだ上体を起こしたまま、彼女の両膝をつかんでいる。M字に割りひろげた両脚の中心に、自分のペニスが深々と埋まっているのを確認する。

何度見てもたまらない光景だった。

ゆっくりとペニスを抜いていくと、血管の浮かんだ肉棒が蜜にまみれ、卑猥な光沢を放っていた。もう一度入り直して、抜いていく。アーモンドピンクの花びらが吸いついてくる。いやらしいくらいによく伸びる。

抜き差しのピッチをあげていくと、舞香の呼吸ははずんでいった。まだ最奥は突いていない。ぬんちゃっ、ぬんちゃっ、と粘りつくような音をたてて、子宮の手前までを穿《うが》っていく。

「あああっ……はぁあああっ……」

それでもリズムに乗ってくると、舞香もあえがずにはいられない。両手をホールドアップされたような格好にし、ふたつの胸のふくらみを揺らす。プルン、プルルン、と揺れはずむ姿が悩ましく、三樹彦は両手を伸ばして揉みしだく。ツンと尖った淡いピンクの乳首を、指先でくすぐってやる。

「ああっ、いやあっ……ああああっ……」

舞香が身をすくめる。清らかな色をしているくせに、彼女の乳首は本当に敏感だ。ねちっこく腰を使いながらつまみあげると、背中を弓なりに反り返す。ただつまんでいるだけでも、土台の乳房が激しく揺れているから、本人はたまらないのだろう。

舞香がよがるほどに、三樹彦のピッチもあがっていく。眉根を寄せてあえぐ表情がいやらしすぎて、ピッチをあげずにはいられない。ずんずんずんっ、と連打を送りこむ。まだ亀頭は子宮にあたっていない。正常位であてるためには、上体を被せて肩を抱いてやる必要がある。

だが、それにはまだ早かった。三樹彦は腰振りのピッチをキープしながら、右手の親指でクリトリスを刺激した。

「あうううーっ！」

舞香が焦った顔で眼を見開く。

「そっ、それはダメッ……かっ、感じすぎちゃうっ……」

そう言われても、すべては感じさせるためにやっていることだった。舞香がいやいやと身をよじっても、三樹彦は親指で敏感な肉芽をいじりまわした。草むらが生えていたら、これほど容易にはできないだろうと思った。パイパンだからこそ、刺激せずにはいられないのだ。

「ああっ、いやっ……あああああっ、いやあああああっ……」

ガクガク、ガクガク、と腰を震わせて、舞香はいまにもイキそうになっている。一気に絶頂に導いてもよかったが、三樹彦は焦《じ》らすほうを選択した。腰振りに緩急をつけ、クリトリスに触れている親指も時折離す。舞香の反応を見極めて、押しては引き、引いては押し、イケそうでイケない宙吊り状態であえがせる。

「あううっ……はぁううっ……はぁうううーっ！」

舞香はもう、完全に肉欲の虜《とりこ》だった。紅潮した顔を羞じらいに歪めつつも、下から腰を動かしている。恥ずかしげに横を向き、長い睫毛を震わせながらも、ペニスをしっかりと食い締めてくる。

三樹彦は満を持して上体を被せた。舌をからめあい、乳房を揉みしだき、乳首をしたたかに吸いたてた。舞香が体中をぶるぶると震わせながらしがみついてくる。

「すっ、すごいっ……よすぎるっ……」

いまにも感極まりそうな声でささやかれ、三樹彦の胸は熱くなった。女を悦ばせることが、男の悦びなのだろう。それが自慰とセックスの大きな違いだった。女が燃えれば、男も燃える。お互いに薪《まき》をくべあい、紅蓮《ぐれん》の炎を巻き起こす。

三樹彦は舞香の肩を右腕で抱え、女体をしっかりとホールドした。舞香のしなやかな体は、三樹彦の送りこむリズムに乗って絶え間なく動いていた。だがこれで、後ろにはさがれない。どれだけ深い突きを打ちこまれても、受けとめるしかない。

「はっ、はぁうううううーっ！」

子宮を叩く連打を浴びて、舞香はしたたかにのけぞった。白い喉を突きだして、獣じみた悲鳴を撒き散らした。

いよいよラストスパートだと、三樹彦は息をとめて腰を振りたてた。コリコリした子宮に狙いを定め、一打一打、渾身の力で突きあげた。蜜壺は奥へ行くほど狭くなっているから、深く突けば三樹彦だって気持ちいい。痺れるような快感が訪れる。それに煽《あお》りたてられるようにして、腰使いに熱がこもる。ペニスはすでに、鋼鉄のように硬くなっている。

「あああっ……あああっ……」

舞香が眼を凝らして見つめてきた。ずいぶん前から潤みきっていたが、ついに涙の粒が頰に流れた。続いて嗚咽《おえつ》がもれ、舞香は泣きじゃくりはじめた。

「いいっ！　いいっ！　すごいいいいーっ！」

快楽が高まるあまり、泣きだしてしまったようだった。気持ちがよすぎて泣きだすなんてすごい、と三樹彦は圧倒された。しかし、三樹彦もまた、感極まりそうになっているのだった。

このひと月、毎日のように抱いた体だった。飽きるどころか、数を重ねるごとに快楽は深まっていった。童貞だった三樹彦が人並みのテクニックを手に入れたことだけが、理由ではなかった。

おそらく、気持ちの問題だ。始まりは、ちょっと後ろめたいものだった。亡くなった舞香の夫が、三樹彦に似ているというのが、ふたりが接近した理由だった。後ろめたくないわけがない。

しかし、いまはもう、ただそれだけの関係ではない。舞香のいない日常なんて考えられないし、考えたくもない。三十年間知らなかった愛の存在を、いまはこの胸にはっきりと感じとれる。

舞香を愛している。彼女だってそうに違いない。だから、泣くほど気持ちがいいのだ。気持ちがよすぎて、泣かずにいられないのだ。

気がつけば、三樹彦の眼からも涙が流れていた。それが舞香の顔にこぼれ落ちた。泣きながら、見つめあった。泣きじゃくりながら、腰を振りあった。

「もっ、もうダメッ！」

舞香が叫んだ。

「もう我慢できないっ！　わたし、イクッ……イッちゃうっ……イクイクイクッ……はぁあああああーっ！」

しなやかな体を、ビクンッ、ビクンッ、と跳ねさせて、舞香が絶頂に駆けあがっていく。三樹彦は抱擁に力をこめた。舞香は体中の肉という肉を痙攣させて、女に生まれてきた悦びを嚙みしめている。三樹彦も男に生まれてきた悦びを嚙みしめるために、フィニッシュの連打を放つ。

イッた瞬間、蜜壺はぐっと締まりを増し、性器と性器の密着感が高まった。抜き差ししていても、ペニスを通して女体の痙攣が伝わってきた。射精をこらえることなんて、できなかった。

「でっ、出るっ……もう出るっ……おおおっ……うおおおおーっ！」

三樹彦は雄叫びをあげて、最後の一打を打ちこんだ。煮えたぎるように熱い男の精を、舞香の中にぶちまけた。衝撃的な快感に身をよじりながら、長々と射精を続けた。あまりに長く続くので、永久に終わらないのではないかと思った。それならそれでかまわなかった。永久にこうしていたかった。お互い泣きじゃくりながら、舞香と永久に抱きしめあっていられたら、どんなに幸せだろう……。

6

翌日。

三樹彦が帰宅すると、部屋に舞香の姿がなかった。てっきり夕食の準備をしてくれていると思っていたので、拍子抜けした。隣の部屋をノックしたが、反応はなかった。買い物にでも行ったのだろうか？

しかたなく、缶ビールを飲みながらロッキングチェアに揺られた。ひとりでいると、部屋がやけに広く感じられた。ひと月前は逆だった——そう思うと、苦笑がもれた。彼女を最初に部屋に入れたときは、ふたりでいることがやけに息苦しく感じられたっけ……。

一時間待った。

缶ビールはすでに、三本も空になっている。

舞香にはメールを打ってあった。

——どこかにお出かけ中？　待ってるから、ごはん一緒に食べよう。

まだレスはない。焦れて電話した。現在使用されていません、という機械的なアナウンスが聞こえてきた。

嘘だろ？

意味がわからなかった。それほど頻繁に電話をしているわけではないが、数日前には繋がっていたはずだ。電話が使えないということは、メールも届いていないのだろうか？　いったいどうなっているのだろう……。

もう一度、隣の部屋の様子を見にいった。いくらノックしても反応はなかった。嫌な予感がしたが、それと向きあいたくなかった。きっと遠出をしているだけだ、と思いこもうとした。電話だってたまたま料金を払い忘れただけで、重要なトラブルのはずがない。

トラブル？

ますます嫌な予感が強まってきた。警察に連絡するべきかどうか悩んだ。たった数時間連絡がつかないだけで大騒ぎしたら馬鹿みたいだろうか？　子供ならともかく、舞香は立派な大人の女なのだ。なにも知らずに帰ってきて、部屋に警官がたくさんいたなどという状況を、彼女だって望んでいるはずがない。

寝ることにした。思考回路を遮断したかった。幸いというべきか、空きっ腹にビールを三本も流しこんだので、すぐ眠れそうな程度に酔っていた。

ところが……。

布団を剝ぐと、淡いピンク色の封筒が眼にとまった。眠るために暗くしていた照明を、もう一度明るくした。

宛名も差出人も書いていなかった。糊《のり》づけもされていなかったので、中の便せんはすぐに取りだせた。

舞香からの手紙だった。

黙っていなくなってごめんなさい。わたしにとってこのアパートは、春の陽だまりのように居心地のいい場所でした。でも、居心地がよすぎて、このまま居続けちゃいけないって気がいつもしてて……。

わたしはやっぱり、ダンスで生きていきたい。海外で一から鍛え直そうと思います。

ダンサーは無理でもコリオグラファーとして一流になるために……。

たぶん、三樹彦くんと一緒に過ごした時間に癒されて、そんな元気が出てきたんだと思います。ありがとう。大好きだったよ。バイバイ。


三樹彦は膝から崩れ落ちそうになった。

これは要するに、別れの手紙だ。ただの引っ越しのご挨拶ではなく、男と女の関係にピリオドを打つ文言だ。

あんまりだと思った。

「バイバイ」という軽い言葉遣いが、哀しみに拍車をかけた。別れるなら別れるで、どうして面と向かって別れ話をしてくれなかったのだろう。海外に行ってダンスの勉強がしたいと相談されれば、三樹彦だってとめやしなかった。いや、とめたかもしれない。とめたに決まっているが……。

なるほど。

黙って姿を消した舞香の気持ちが、ちょっとだけわかった。

これはいわゆる、愛が重すぎる、というやつなのかもしれない。

思い当たる節がないではなかった。一緒にいるのが楽しすぎて、いつもそうしていないと我慢がならなかった。セックスはもちろん、散歩のときも、食事のときも、眠りにつくときも……。

なにしろ、三樹彦にとっては生まれて初めてできた恋人なのだ。心身ともにのめりこみすぎて、舞香は引いていたのかもしれない。

でも、黙っていなくなるなんてひどすぎる……。

第四章　ダダ漏れの色香

1

なんだか、いなくなり方までキカみたいだったな……。

散歩の途中ですれ違った野良猫を横眼で眺めながら、三樹彦は舞香を思いだした。キカは黙っていなくなった。猫だから当たり前だけど、舞香は手紙を残してくれたから、まだマシだったと思うしかないのだろうか。

川べりの道に吹く風は日に日に湿気を含んで、初夏の終わりが感じられた。続いてやってくる季節は、梅雨《つゆ》である。

鬱陶《うっとう》しい。そうでなくても毎日泣いて暮らしているのに、空にまで泣かれると気分が落ちこんでいくばかりだ。

とはいえ、舞香がいなくなってから半月ほどが過ぎ、少しは気持ちの整理がついてきた。

ダンスをもっと勉強し、振り付け師になりたいという彼女の希望は、尊重されてしかるべきだった。なにしろ舞香はまだ若い。未亡人とはいえ二十五歳なのだから、夢を追いかけて悪い年齢ではない。

それに、別れの兆候はあったのだ。たとえば、あの黒いセクシーランジェリーだ。彼女はきっと、三樹彦の記憶に自分をしっかりと刻みこむために、あれを買い求めてきたに違いない。

最後のセックスでの涙もそうだ。ただ気持ちがよすぎて泣きじゃくったのではなく、別れを決めていたからこそ、涙があふれてとまらなくなったのだろう。

彼女の成功を祈るしかなかった。

三樹彦にとってセックスの先生だった彼女が、世界を股にかけたダンスの先生となる日が訪れればいい。

あとは感謝するしかない。

彼女に出会った人生と、出会わなかった人生があるとすれば、出会ってよかったに決まっている。むしろ、出会わなかったことを想像するとゾッとして、心の風穴に冷たい風が吹き抜けていく……。

鬱陶しい長雨が続いているある日のこと。

会社でぼんやりとパソコンに向かっていると、鎌田社長がやってきた。彼がやってくるとすぐわかる。騒々しいからだ。

「どうだ、伊庭くん。励んでいるかね？」

声が人より三倍も大きい。けたたましい印刷工場で職人に指示を出せるようにと本人は言っているが、ここは工場ではなく事務所である。

とはいえ、うんざりした態度をするわけにもいかず、

「ボチボチ頑張ってます……」

と顔をあげた三樹彦は、社長の後ろに見知らぬ女が立っていることに気づいた。

美人だった。それはひと眼でわかったが、美しさに見とれていることができないほど、エロかった。紫色のブラウスを第二ボタンまで開け、いまにも胸の谷間が見えそうだ。黒いタイトミニはぴったりと体に張りついて、蜜蜂のようにくびれた腰からボリューミーなヒップに流れるラインを強調している。

すわ、スーパー・ピンク・コンパニオンの登場か、と焦ったが……。

「長らくお待たせして悪かったねえ、伊庭くん。ようやく新しい人が来てくれた。彼女、和泉知世《いずみともよ》さん」

「よろしくお願いします」

ペコリとお辞儀した瞬間、ブラウスの奥に隠れていたブラジャーがチラリと見えた。赤だった。

「記者の経験はないらしいが、まあキミもそうだったわけだから、問題ないだろう。しっかり教えてやってくれたまえ」

「よろしくお願いします。伊庭といいます……」

三樹彦は立ちあがって知世に頭をさげたが、

「あら、ごめんなさい」

知世は身をよじりながら言った。

「わたし、荷物を社長室に置いてきちゃいました。取ってきます」

カツカツとハイヒールを鳴らして去っていく後ろ姿を、三樹彦と社長は見送った。背中まであるストレートロングの黒髪が、キューティクルの豊富さを誇示するようにゆらゆらと揺れている。社長に眼を向けると、脂ぎった顔をだらしなくゆるめて笑っていた。

「僕より年上ですよね？」

「ああ、三十四歳」

「四つも上だ……」

「なんだよ？　まさか年上の指導はできないなんて言わないだろうな。彼女、ああ見えてけっこうインテリみたいだぞ」

「ああ見えて……」

三樹彦は眉をひそめた。つまり、社長も気づいているわけだ。彼女がやたらとエロすぎる雰囲気なことを……。

「未亡人なんだってさ」

社長が耳打ちしてきた。

「二年前にご主人を癌で亡くしたらしい。あのすごい色気は、欲求不満の表れかもしれないねえ。温泉宿のコンパニオンちゃんもびっくりだ」

ポンポンと肩を叩いて去っていった社長の後ろ姿を、三樹彦は恨みがましい眼つきで見送った。

べつに後輩が年上なのはかまわない。たとえ年下だって、無闇に偉ぶったりする三樹彦ではない。女というのもそうだ。一緒に仕事するのが嫌なわけではないけれど、どうしてあんなにエロいのだろう。とにかく色香がダダ漏れだ。

彼女が社長室に向かって歩いていたとき、事務所中の男たちが好奇の視線を向けていた。黒いタイトミニの中で悩殺的に動いている尻の双丘に注目していた。それに気づいているということは、三樹彦自身も見ていたわけだが……。


同じ未亡人でも、知世は舞香とまったく違うキャラクターだった。

そもそも年齢が違う。舞香が二十五歳なのに対し、知世は三十四歳。若さや溌剌さがなくても当然だ。

そのかわり、とにかく色っぽい。スタイルもスレンダーだった舞香とは正反対で、すさまじいグラマー。バストもヒップもこれ見よがしに突きだしていて、そのくせ腰はくっきりとくびれている。いわゆる、ボンッ、キュッ、ボンッ、というやつだが、ただのグラマーではなく、どこもかしこも柔らかそうだ。じゅくじゅくに熟れきっているという感想を、男なら誰だってもつに違いない。

知世は隣のデスクで仕事していた。

三樹彦は普段ならあり得ないくらい緊張し、息苦しくてしかたがなかった。意識しなければいいのだが、それを許してくれないのが知世という女だった。ＤＴＰのレイ

アウトをまかせてみたところ、失敗するたびに、

「ああんっ、いやーん」

と身をよじる。

マジか？　と呆れた眼を向けてはいけない。そんなことをすれば彼女の思う壺で、お茶を淹れてくるだの、お菓子を持ってきただのと、仕事がストップしてしまうのである。

きっぱりと無視していても、安心はできない。

「あのう……ここはどうやればいいんでしょうか？」

質問されたら、指導的立場にある先輩として答えないわけにはいかないからだ。

「ちょっとどいて」

席を替わってパソコンを操作し、作業の工程を説明する。それはいいのだが、顔が近い。デスクトップをのぞきこんでいるのはいいとして、頬と頬が触れあいそうなほど接近してくる。

第二ボタンまで開けたブラウスからいまにも胸の谷間がのぞけそうな彼女は、化粧も濃かった。眼鼻立ちが整っているので、美人度をアップしているとも言えるが、夜の蝶のようでもある。その顔が、頬がくっつきそうなほど接近してきて……。

「ちょっ、ちょっと……」

あわてて顔を遠ざけると、

「ごめんなさーい。わたし眼が悪いから」

と悪びれもせずに笑う。顔が近いから吐息が匂う。桃色の色彩を帯びているのではないか、と言いたくなるほど、知世の吐息はいやらしい匂いがする。

なんてエロい女なんだ……。

三樹彦は胸底《きょうてい》で吐き捨てずにはいられなかった。

わざとやっているのではないかもしれない。無意識の可能性も大いにあるが、一緒に仕事をするには危険すぎる存在だ。

未亡人だから、欲求不満を溜めこんでいるのかも……。

そう思った瞬間、三樹彦は自分で自分を叱った。ドスケベな社長並みの、ステレオタイプな考え方だった。

そういう偏見って最低っ！

舞香に言われた言葉が、耳底に蘇ってくる。未亡人だから云々、という考え方は、たしかに失礼極まりない。未亡人であろうがなかろうが色っぽい女は色っぽいし、知世だって元からエロい人なだけかもしれないではないか。

それに、たとえ雰囲気がセクシーすぎても、仕事はきちんとしていた。はっきり言って、三樹彦の新人時代より呑みこみが早かったので、ダダ漏れの色香には眼をつぶるしかないようだった。

2

知世が隣のデスクで仕事をするようになって、二週間ほどが過ぎたある日のことである。

仕事を終え、トイレに寄ってから帰ろうとした三樹彦が用をすませて廊下に出ると、知世がそこに立っていた。ワインレッドのブラウス、グレイのタイトミニ、八センチはありそうなハイヒール――色合いは違えど、印象はいつもと変わらない。ただただエロい……。

偶然ではなく、わざわざ待っていた、という雰囲気だった。じっとりとこちらを見つめる眼つきから、思いつめたような感情が伝わってきた。三樹彦はなんとなく嫌な予感がして、「お先に」と足早に立ち去ろうとした。

腕をつかまれた。

「なっ、なにか？」

三樹彦がひきつった顔で訊ねるより早く、知世はぴったりと身を寄せてきた。豊満すぎるバストが肘に触れた。

「これからなにかご予定がありますか？」

「いや、べつに……家に帰って飯食って寝るだけです」

「少しお時間いただいてもかまいませんか？」

「なんの時間ですか？」

「できれば……会社の人が来ないようなところでお酒でも……」

「いっ、いやあ……」

三樹彦は弱りきった顔で首をかしげた。

「まずいんじゃないかな、ふたりきりというのは……あなたの歓迎会なら、近々社長がやってくれるみたいだし……」

「お願いします」

知世がさらに身を寄せてくる。砲弾状に迫《せ》りだしたふくらみに、肘が埋まっている。

驚くほど柔らかな感触に、三樹彦は呼吸ができなくなった。

「どうしても伊庭さんにご相談したいことがあるんです。このままだとわたし、仕事

ろう。

なんと言われようとふたりで酒を飲みにいくのはコンプライアンス的にまずい気がしたし、辞表を出す出さないのシリアスな話なら、会社の会議室のほうが相応《ふさわ》しいだろう。

だが、この会社には応接スペースはあっても会議室はなく、知世は思いつめた表情で一歩も引く様子はない。ぐいぐいと肘に乳房を押しつけてきては、「お願いします」と繰り返す。

こんなところを誰かに見られたら――背中に冷や汗が浮かんできた。一刻も早くこの場から立ち去りたい一心で、知世の申し出を受け入れるしかなかった。

バス通勤だという知世を愛車の助手席に乗せて、二駅先の駅に向かった。そこなら会社の人間とばったり会ってしまう可能性も低いし、最寄りの駅よりも賑やかな繁華街がある。

とはいえ、酒を飲めば運転代行を使わなければならない。二駅先まで来てしまったので、二千円はかかるだろう。せこい話だが、イラッとした。しかも、飲み代はこちらが払うのだろうか？　三樹彦は知世の指導的立場にある先輩ではあっても、上司ではない。いや、いまどきはたとえ上司でも、部下に酒を奢《おご》る必要などないのだ。経費が出るなら話は別だが……。

釈然としないまま、適当な小料理屋に入った。大将と女将《おかみ》がふたりで商っている小さな店だ。白木のカウンターに清潔感が漂う、落ち着いた雰囲気だったので安心した。ここなら静かに話ができそうだ。

三樹彦がテーブル席に腰をおろそうとすると、

「カウンターにしません？」

知世が言ってきた。

「わたし、大きな声で話すのが苦手で……」

三樹彦は思いきり顔をひきつらせながらカウンター席に腰をおろした。隣に知世が座る。座る前に、ちょっと椅子を動かして、肩と肩を近づけてきた。

彼女が言いたいことはわからないでもない。相談の内容が、ひそひそ声で話すべきことなのかもしれない。しかし、この絵面《えづら》は嫌な予感しか呼び起こさない。

案の定、ぬる燗《かん》のお銚子《ちょうし》が運ばれてくると、知世は肩と二の腕を密着させて酌をしてきた。耳元で甘い吐息を振りまきながら、第二ボタンまで開けているブラウスの隙間から、白い隆起とブラジャーをチラチラ見せてきた。今日のブラジャーは……黒だった。

「手酌でやりましょう、手酌で」

三樹彦が言っても、涼しい顔でスルーする。しつこく酌をしては、肩を密着させ、耳元に甘い吐息だ。

飲まなければいいだけの話だった。三樹彦の猪口《ちょこ》が空にならなければ、知世だって酌はできない。しかし、この状況で飲まずにいられるわけがない。気がつけば、あっという間にお銚子が三本空いていた。

「伊庭さんって、見かけによらずいい飲みっぷりなんですね？」

「いやいや。そんなことより、相談っていうのは、いったい……」

それまで柔和な笑顔で酌をしてきた知世の顔色が、変わった。煮物や串焼きや炒め物や、旨そうな匂いが充満している酒場の雰囲気にあてられて、ピンク色に染まっていた頬が、紙のように白くなった。

「社長って、いったいどういう人なんでしょう？」

「鎌田社長、ですか？」

コクリ、と知世はうなずいた。

「毎日顔を合わせるたびに誘われるんです。いい温泉を知ってるから一緒に行こうって……社員旅行ですかって訊ねると、分厚い唇に指を立てて、他の社員には内緒だよって……これってセクハラですよね？」

三樹彦は頭を抱えたくなった。

鎌田社長がどういう人なのかと訊ねられたら、男でもドン引きするほどのドスケベ野郎と答える他ない。脂ぎった顔面からもそれは伝わってくるが、見た目通りの下ネタ好きで、男の欲望に忠実に生きている。スーパー・ピンク・コンパニオンをこよなく愛し、ついた渾名がスーパー社長……。

言えるわけがなかった。

社内で下ネタを連発する態度には三樹彦も閉口しているとはいえ、記者のキャリアもないのに雇ってもらった大恩がある。

それにいくらスーパー社長でも、社員に手を出すようなゲスな真似はさすがにしないのではないだろうか？　あくまで噂にすぎないが、社長の温泉遊びを奥さんが許容しているのは、相手がプロであるかららしい。社員に手を出したりしたら、黙っているはずがない。「この泥棒猫！」「誘ってきたのは社長です！」という、地獄のような罵りあいに発展する可能性だってなくはない。

「口だけだと思いますけど……」

三樹彦は猪口に残っていた酒をぐっと呷《あお》った。知世がお銚子に手を伸ばすより先にそれを取り、手酌でもう一杯飲み干す。

「社長の場合、迂闊に下ネタを連発しすぎるというか、それもまあ、女性社員に向かって言ったら立派なセクハラなわけですけど、本気で温泉に誘っているわけじゃないと思いますよ」

「……そうでしょうか」

知世は納得のいかないような顔で下を向いた。

「確証はないですけど、たぶんそうだと思います。とにかく口だけだと思って、うまいことといなしておけば問題ないですよ」

「そんなやり手のホステスみたいなこと……できるかしら?」

知世は手酌で自分の猪口に酒を注ごうとしたが、すでに空だった。

「すいません、大将。もう一本つけていただいていいですか。あっ、これすぐなくなっちゃうから、次から二合徳利で」

三樹彦に断りもなく酒の追加を注文する態度は、やり手のホステスそのものだったが、もちろんそんなことは口にできなかった。知世に同情していたせいもある。男の自分でも閉口する社長の下ネタだ。女の彼女にとっては、甚大なる精神的ストレスに違いない。

3

酒が酒を飲む、という言葉がある。

飲むほどに、酔うほどに、理性が崩壊してますます大酒を飲んでしまうという意味である。

今夜の三樹彦は、まさしくそういう状態になりかけていた。刺し盛り、魚の煮付け、ねぎまの串焼き――大将が腕を振るってくれた料理はどれも絶品で、こちらもいい感じにつけられたぬる燗がはかどった。

普段は外食などしないからだろう。朝夕は自炊だし、昼は自分で握ったおにぎりを食べている。取材で料理屋を訪れる場合はあるものの、仕事であるから酔うまで酒を飲むなんてあり得ない。せいぜいビール一杯くらいだ。

トイレに立ったとき足元が若干あやしかったので、酔っている、という自覚はあった。それでも、さっさと帰ろうとはならなかった。こんなふうに酒を楽しむことは滅多にないので、どうせなら納得いくまで飲んでやろうと思った。すでに酒が酒を飲むモードに突入していた。

そんな状態になってみれば、隣の女への警戒心も薄れていく。知世も知世で、三樹彦以上に酒がはかどっていた。ちょっとむくれた顔をして、自棄《やけ》酒を呷るような雰囲気が伝わってくる。

おそらく、三樹彦が味方をしてやらなかったからだ。一緒になって社長の悪口を言ってやれば、彼女の溜飲も少しはさがっただろう。それはわかるのだが、こちらにだって立場というものがある。

とはいえ、むくれさせたままにしておくわけにもいかないで、別の話題を振ってみることにした。

「和泉さんは、どちらのご出身なんですか？」

「……北海道」

酔いに縁が赤くなった眼を向けてきた。

「ってゆーか、プライヴェートの時間に、苗字で呼ぶのやめてもらえます？　名前で呼んでください。知世って……」

「はあ……」

「わたしも三樹彦くんって呼びますから」

いきなり「くん」づけかよ！　と思ったが、文句は言わなかった。酔っ払っていて半畳《はんじょう》を入れるのが面倒だったせいもあるが、プライヴェートであるなら彼女は四歳も年上なのだ。「くん」づけでもおかしくない。

それに、生まれて初めてできた恋人も、「三樹彦くん」と呼んでくれていた。心の傷が少し疼いたが、それ以上に懐かしさがこみあげてきた。

「北海道では、どんな仕事をなさっていたんです？」

「教師です、国語の」

「ええっ？」

思わず二度見してしまう。

「女教師ってやつですか？」

「その言い方、なんかいやらしい」

「小・中・高の……」

「高校です」

「それはさぞや……おモテになったでしょうねえ……」

ただでさえ、男子高生といえば精力がありあまってしようがない年ごろだ。風が吹くだけで勃起し、一日に三度の自慰も当たり前。草食系男子である三樹彦でさえ、当時は欲望の処理に手こずっていた。もしも自分の学校に知世のようなエロエロ女教師がいたら、すれ違っただけで鼻血を出していたかもしれない。

「わたしが勤めていたの、女子高ですから」

「あっ、そうでしたか」

「でもモテましたよ」

意味ありげに口許《くちもと》に笑みを浮かべる。よく見ると、唇の右下に小さなホクロがあった。それに気づいたことで、ますます色香を感じてしまう。

「うちの学校には大変おモテになる男性教師がふたりいたんです。元Jリーガーのサッカー部顧問と、クールなメガネ男子の音楽教師。でもわたし、バレンタインのときに彼らよりたくさんチョコもらいましたから。こーんなにたくさん」

「女生徒に、ですよね？」

「もちろん。女子高ですから」

「そういうことも……あるんですねえ……」

曖昧《あいまい》にうなずきつつも、三樹彦はいまひとつ腑に落ちなかった。女教師に憧れる女生徒がいる、というのはわかる。しかしそれは、知世のごとき色香の権化ではなく、もっとボーイッシュだったり、エレガントだったりするのではないだろうか？　知世のようなタイプは、むしろ同性に嫌われるのでは？

いや……。

もしかすると、女教師時代の知世は、いまのように色香がダダ漏れではなかったのかもしれない。そういう可能性は大いにある。彼女がここまでエロエロになったきっかけはやはり、未亡人になって欲求不満になったから……。

脳内で、眼を吊りあげた舞香にビンタされたが、すぐに現実に引き戻された。知世がツンツンと指でつついてきたからだ。

「三樹彦くん、知ってるんでしょう？」

「えっ、なにを？」

「わたしが未亡人だってこと……」

「あっ、いや……なんていうか、まあ……」

三樹彦はしどろもどろになってしまった。

「社長が教えてくれたので……知ってました」

「個人情報ダダ漏れですね」

「悪気はないんですよ、悪気は……」

ただドスケベなだけで、と続けそうになったが、やめておく。

「亡くなったわたしの夫、冴えない人だったんです……」

知世は遠い眼をして、問わず語りに言葉を継いだ。

「司法試験を目指して勉強してたんですけどね……三十過ぎても合格できなくて、結局普通の会社に就職したんですけど、キャリアもないのにプライドだけは高いから、なにをやっても長続きしなくて……すごい偏屈な鼻つまみ者だった……」

どうしてそんな男と結婚したのだろう、と三樹彦は内心で首をかしげた。

「いいところもあったんですよね？」

「もちろん」

知世は満面の笑みを浮かべた。

「見た目は冴えないし、仕事は長続きしないし、性格はひねくれてるし、社会的には完全にダメ人間だったけど……わたしにだけはとってもやさしかった。惜しみなく愛を注ぐってこういうことなんだな、っていまでも思います。わたしにはとても真似できない。もちろん、夫のことは大好きだったし、浮気したことだってないですよ。でも、夫がわたしを愛してくれたようにわたしが夫を愛せたかって言われたら……できなかったなあ……」

二合徳利から手酌で注いだ酒を一気に呷った。どうやら、今夜はとことん飲むつもりのようだった。

ならば付き合わねばなるまいと、三樹彦も酒を一気に呷る。知世に対する警戒心はずいぶんと薄らいでいた。酒が酒を飲んだから、だけではない。

亡夫の話が胸に響いた。

自分もそういう男になりたいと思った。なんの取り柄もなくても、妻だけは全身全霊で愛し抜き、亡くなってなお未亡人を感嘆させるような男に……。

4

ふたりともしたたかに酔った。

「ちなみにですけど、亡くなったご主人と僕が似てるってことはないですよね？」

三樹彦はいささか呂律《ろれつ》のあやしい口調で訊ねた。容姿がそっくりな人間が、この世には三人いるという話を聞いたことがあった。

「全然、似ても似つかない。三樹彦くんのほうがずっとカッコいい」

知世が楽しげに手を振ったので、三樹彦はちょっと安心した。舞香のようなパターンはない、ということだ。

「もう看板です」

大将に言われた。気がつけば、店内の客は三樹彦と知世だけになっていた。

「じゃあ帰りましょう……」

知世に住んでいる場所を訊ねると、それほど遠くないようだった。クルマで五、六分くらいだ。ならばいったん彼女をタクシーで送り、戻ってきてから運転代行を頼んだほうがいいと判断して、三樹彦は女将にタクシーを呼んでもらった。

店を出ると雨はやんでいて、異様に生暖かい風が吹いていた。千鳥足の知世をタクシーに押しこみ、三樹彦も乗った。

「寝ないでくださいよ、五分で着くんでしょ」

三樹彦は知世に声をかけた。酩酊状態の彼女が、いまにも寝落ちしてしまいそうだったからだ。そうなってしまうと、部屋まで送っていかなければならない。あまりよろしい展開ではない。

「大丈夫ですよー。寝ません、寝ません……」

知世はムニャムニャした感じで答えたが、眼をつぶっていた。次の瞬間、寝息が聞こえてきたので、三樹彦は天を仰ぎたくなった。住所をナビに入れてもらったので、道に迷わなかったのは不幸中の幸いだ。知世が住んでいるのは、アパートとマンションの中間というか、コンクリート造の四階建てだった。

「ちょっと待っててください。彼女を送って戻ってきますから」

運転手に断りを入れ、知世を後部座席から引きずりだした。もはやほとんど眠っていた。外に出すとなんとか自分の脚で立ってくれたが、三樹彦が肩を貸さなければ歩けない状態だった。

「何階ですか？」

「四階……」

悪い冗談としか思えなかった。その建物にはエレベーターがついていなかったのだ。知世に肩を貸した状態で階段をのぼりはじめた。ハイヒールがいまにもガクッとなりそうで怖い。三樹彦にしても酔っていて足元が覚束ない。ふたり揃って後ろ向きに落ちたりしたら大惨事になりそうで、冷や汗が出てくる。

一方の知世は相変わらずのムニャムニャ状態で、

「三樹彦くん、わたし今日、とっても楽しかった。H市に引っ越してきてから、いちばん素敵な夜だった……」

などと言っている。

「しっかりしてください！」

と活を入れても、

「楽しかった、楽しかった……」

と余計に体重をかけてくる有様で、三樹彦は泣きたくなってきた。

「まいったな、もう……」

知世の体はひどく重く感じられた。身長は舞香と同じくらいでも、グラマーだからだろう。そう思った瞬間、彼女のボディラインを意識してしまった。

肩を貸しているので、砲弾状に迫りだした乳房が脇腹のあたりにあたっていた。豊満で柔らかい感触が生々しく伝わってきている。さらに、三樹彦は右手を彼女の腰にまわして支えていた。やたらとくびれている。

胸はこんなにも大きく、ヒップだって尋常ではないボリュームなのに、どうして腰だけがこんなにくびれているのだろう？　裸になったら、いやらしすぎるスタイルをしているに違いない。服を着ていてもエロエロなのに、脱いだらそれが何倍にも増幅されて……。

まずい……。

三樹彦は勃起してしまった。完全に不可抗力の生理的な現象だった。エロすぎる未亡人とここまで体を密着していれば、そうなってもしかたがなかった。

とはいえ、もうすぐ四階だった。酩酊状態の知世に勃起を気づかれることはないだろう。一瞬、どさくさにまぎれて尻を撫でまわしてやろうかと思ったが、厳に慎んだ。鎌田社長なら間違いなくやっただろうが、そういう人間になりたくなかった。

「四階に着きましたよ。何号室ですか？　四〇四？　そこですね？　鍵を出してください、鍵を……」

知世はバッグに手を突っこみ、鍵を取りだした。足元がふらふらしているものの、なんとか扉を開けることはできた。

「それじゃあ、僕は下にタクシーを待たせてるので、ここで失礼します」

踵《きびす》を返そうとすると、腕を取られた。そのまま強引に玄関の中に引きずりこまれたので、三樹彦は眼を白黒させた。

「なにするんですか？　タクシー待たせてるって言ってるでしょ」

玄関は真っ暗で、知世の顔は見えなかった。それがなんだか恐ろしく、壁をまさぐって照明のスイッチを探した。無事に見つかり、オレンジ色のライトがともったが、知世も知世で、まさぐっていた。

三樹彦の股間を……。

もちろん、まだ勃起したままだ。

「殿方をこんな状態にして、黙って帰したら女がすたります……」

知世と眼が合った。いや、三樹彦が知世を見ていたが、知世にこちらが見えているのかはあやしかった。眼の焦点が合っていなかったからだ。

彼女は酩酊状態のままだった。眼の焦点が合っていないまま、男の股間をまさぐっているのかもしれなかった。

それにしても、眼の焦点が合っていない表情が、身震いを誘うほどいやらしかった。右下に小さなホクロのある唇が、半開きになっているのもそうだ。三樹彦は思わず魅せられてしまったが、魅せられている場合ではなかった。

知世は未亡人……。

それは舞香と同じでも、会社の同僚なのである。プライヴェートなシーンで知りあった舞香と違って、関係を結んでいい相手ではない。酔って歩けなくなった彼女の肩を貸したまではぎりぎりセーフだろうが、股間をまさぐられているのは完全にアウトだ。なんとか振りほどいて逃げなければ……。

焦りまくっている三樹彦を尻目に、知世はその場にしゃがみこんだ。いよいよ立っていられなくなったのかと思ったが、そうではなかった。ベルトをはずしてきた。ズボンのボタンまではずし、ファスナーをさげてきたので三樹彦は仰天した。

「なっ、なにを……」

「まかせてください」

知世は上目遣いでニッと笑うと、

「これはお礼です。今夜とっても楽しかったお礼……」

ズボンごとブリーフをおろしてきた。勃起しきったペニスが唸りをあげて反り返り、裏筋を知世に見せつけた。この状態でやめろと言うのはあまりにも間抜けな気がして、三樹彦は声が出なくなった。

一方の知世は、舌舐めずりをしながらそそり勃《た》ったペニスに指をからめてくる。すりっ、すりっ、と柔らかにしごく。上目遣いにこちらを見たが、やはり眼の焦点が合っていない。色香爆発の表情で唇をOの字にひろげ、亀頭をぱっくりと頬張った。

「くぅおおおっ……」

三樹彦はしたたかにのけぞった。一瞬後ろに倒れそうになったが、壁があったので助かった。照明のスイッチを探した関係で、壁際に立っていたのである。

「むほっ、むほっ」と鼻息も荒く、知世はペニスをしゃぶりあげてきた。それはまさしく、肉食系のフェラだった。舞香のねっとりフェラもいやらしかったけど、知世はまるで強制的に男の精を吸いだそうとするようなバキュームフェラで、したたかに吸われるたびにペニスが芯から硬くなっていく。

三樹彦は恥ずかしいほど身をよじって、悶絶するしかなかった。照明が暗いままなら、まだよかった。知世は眼鼻立ちの整った正統派の美人なので、太々と膨張したペニスを咥えるとそれが淫らに歪んだ。眉根を寄せ、鼻の下を伸ばして、唇はOの字。時折上目遣いでこちらを見れば、額に皺《しわ》が寄る。

背筋が震えるほどいやらしかった。美は乱調にありというが、フェラによって美形が崩れる瞬間に、エロスの神髄はあると思った。

「気持ちいいですか？」

唾液でヌルヌルになった肉棒をしごきながら、知世がささやいてくる。三樹彦はうなずいた。うなずいていいわけがなかったが、他のリアクションがとれなかった。下で待たせているタクシーの存在さえ、すっかり忘却の彼方だった。

「じゃあ……もっと気持ちよくなって」

知世が舌を踊らせる。ペロペロ、ペロペロ、と亀頭を舐めまわしては、舌先を尖らせて肉棒の裏側をツツーッとなぞる。そこからさらに咥えてくる。カリのくびれを舌の裏側でこすりたててからのバキュームフェラ。「むほっ、むほっ」という鼻息が、狭い玄関にこだまする。

「くっ……くぅおおっ……」

三樹彦は首に筋を浮かべてのけぞった。もはや完全に壁に寄りかかっていたが、酩酊のせいではない。めくるめく快感に翻弄され、自力で立っていられないのだ。

知世が唇をスライドさせるほどに、顔が熱くなっていった。鏡を見れば、真っ赤に茹《ゆ》だった自分の顔と対面できるだろう。額に脂汗すら浮かべて、滑稽なほど身悶えているに違いない。

ペニスの芯が甘く痺れてきた。射精の前兆だった。セックスの極意は、射精欲をコントロールすることにある。自分を焦らしつつ、女を悦《よろこ》ばせたほうが充実したセックスができる。

だがこれは、セックスではなかった。こちらは知世を悦ばせることなんてなにひとつしていないし、知世も求めていない。ただひたすらに、三樹彦を射精に追いこもうとしている。

セックスの神髄に触れたことがあるとはいえ、所詮はたったひとりとしか経験がない三樹彦に、防御の手立てはなかった。

いや、圧倒的に気持ちよすぎた。

気がつけば後戻りできないところまで追いこまれ、両脚がガクガクと震えだしていた。

「でっ、出ますっ……出ちゃいそうですっ……」

裏返った声で言うと、知世はペニスを咥えたまま上目遣いでうなずいた。さらに鼻息を荒げて、したたかに吸いたててきた。魂までも吸いとられそうな、痛烈なバキュームフェラだった。三樹彦は為《な》す術もなく、放出の瞬間を迎えた。

「でっ、出るっ……もう出るっ……おおおっ……おおおおおーっ！」

野太い声をもらして、腰を反らせた。知世の口唇の吸引力は最高潮に達していた。出したのか、吸われたのか、わからないほどだった。実感できたのは、いつもの倍ほどのスピードで、熱い粘液が尿道を駆け抜けたことだった。すさまじい快感に、眼を開けていられなくなった。ぎゅっと眼をつぶると瞼《まぶた》の裏に金と銀の火花が散り、やがて、熱い涙があふれてきた。

第五章　密会の温泉宿

1

これほど緊張して出社するのは初めてかもしれない、と三樹彦は思った。

一般的に、サラリーマンが緊張するのは初出勤だろう。

三樹彦は新卒で入った会社が父の経営する会社であり、ふたりの兄も働いていたので、学生時代からよく顔を出していた。初出勤でも緊張感はゼロだった。いまの会社に初出勤したときも、出社するなり社長の下ネタ攻撃に閉口させられ、緊張している暇がなかった。

しかし今日は、震えがとまらないほど緊張している。

知世にフェラされた翌日だった。

ゆうべは待たせたタクシーに八千円もの料金を請求され、運転代行がなかなかつかまらなくて帰宅したのは深夜三時に近かったが、目覚めは異常によかった。宿酔《ふつかよ》いも寝不足もまったくなく、頭の中がスカッと晴れわたっていた。

とはいえ、我に返っていくほどに、心は梅雨時の空のようにどんよりしていった。どんよりしないわけがなかった。

知世は三樹彦が口内にぶちまけた男の精をニヤニヤしながら全部嚥下してくれたが、それで力尽きた。床にぐったりと倒れてしまったので、三樹彦は射精したばかりのペニスをブリーフの中にしまうこともできないまま、彼女をベッドまで引きずっていかなければならなかった。

それはいいのだが、完全にやらかしてしまった。酔っていたとはいえ、会社の同僚にフェラをされて口内射精なんて、シャレにならなかった。

百歩譲って、そこに愛があったなら、まだいい。しかし、彼女とはそういう雰囲気にはまったくならなかったし、キスさえせずにいきなりフェラなのだ。

知世は「お礼」と言っていたが、社会通念上、そんな話が通るわけがない。無理やりさせたわけではないけれど、結果的にこちらは射精した。気持ちよかったぶんだけの責任は、男としてとらなければならない。

だが、いったいどうやって責任をとればいいのか、皆目見当がつかなかった。謝罪をすればいいのだろうか？　それとも辞表？

ところが、心を千々に乱しながら事務所に入っていくと、先に出社していた知世が、一点の曇りもない晴れやかな笑顔で挨拶してきた。

「おはようございます」

意味がわからなかった。

しかも、三樹彦がおどおどしながら自分の席につくと、耳元に唇を近づけて、ひそひそ声でこうも言った。

「ゆうべはご馳走さまでした。とっても楽しかったです。またご一緒できたら嬉しいな」

意味がわからなすぎて怖くなってきた。「ご馳走さま」は、小料理屋の勘定を払ったことなのか、それとも男の精を嚥下したことに対しての言葉なのだろうか？　前者であればとぼけすぎているし、後者であればエロすぎる。

まさか……。

記憶がないのだろうか？　ブラックアウトというやつか？

ひとりで帰ることもできないくらい泥酔してしまうのは、女として醜態だろう。それを羞《は》じらう素振りもなく、「ご馳走さま」で「楽しかった」で「またご一緒」などと言っているのだから、記憶が飛んでいることは充分に考えられる。フェラをしていたときは、完全に眼の焦点が合っていなかったし……。

三樹彦は複雑な心境になった。

忘れてしまったなら忘れてしまったで調子を合わせるのはやぶさかではなかったが、なんだか拍子抜けしてしまった。彼女の記憶にあろうがなかろうが、事実としてフェラはされたのだ。三樹彦は射精をし、知世はそれを吸引して嚥下したのだ。それがすっかりなかったことになっているなんて……。

もちろん、フェラ以上のことをするような関係を、今後彼女と築きあげていきたいという、下心があったわけではない。そうではないのだが、どうにも釈然とせず、居心地が悪い。

「どうだね、調子は？」

いきなり後ろから肩を揉まれて、三樹彦はビクッとした。鎌田社長だった。

「和泉さんが入ってきて、少しは仕事が楽になっただろう？　美人が隣に来て、華やぎも出たな。おまえひとりのときは、ここの雰囲気、枯れきってたもんな」

言いながら、やけにぐいぐいと肩を揉んでくる。

「どう？　気持ちよくない？　こないだ、温泉宿のマッサージ師にやり方を教わったんだ。知世ちゃんにもやってあげようか？　肩凝るでしょう？」

「いえ……わたし、ちょっとお手洗いに……」

知世は逃げるように事務所を出ていった。横顔が青ざめていた。

「ガハハッ、つれないねえ……」

社長は豪快に笑って去っていったが、三樹彦はとても笑えなかった。知世に社長からのセクハラを相談されたばかりだった。ゆうべはつい社長をフォローしてしまったけれど、マッサージを口実に女性社員の体を触ろうとするなんて看過できない卑劣な行為である。三樹彦が元いた会社であれば、総務の人間が出張《でば》ってくる案件だろう。

なんとかしてやらないとな……。

社長に正面からもの申す根性などなかったが、だからといって放置しておいてはあまりに知世が気の毒だ。彼女はすっかり忘れているようだが、三樹彦はフェラされたことをしっかり覚えている。いつもの倍のスピードで熱い粘液が尿道を走り抜けた快感を、いまも生々しく記憶している。

要するに、もはやただの同僚ではない。まったくの赤の他人と言えない以上、なんらかの手立てを考えるのは、男として当然のことかもしれない。

とはいえ、なにもいいアイデアが浮かばないうちに数日が過ぎた。

いちおう、元の会社で仲のよかった総務の人間に電話で相談してみたのだが……。

「田舎のワンマン社長のセクハラ？　よくある話だよ。あっちゃいけないんだけど、日本はまだその程度のB級国家なんだな。ちなみに労働組合ある？　ない？　じゃあもう、社長に意見できる人に動いてもらうしかないね。しっかり見識がある人な。じゃないと、ただ単に人間関係がこじれるだけだから……」

三樹彦は溜息しか出なかった。知世の力になってやりたいのは山々だが、社長に意見ができる人物のあてなどない。生まれ育った土地ならともかく、三樹彦はH市においてて勝手のわからぬよそ者なのである。

そんなある日。

三樹彦と知世は特集ページの取材に出ることになった。知世にとっては初めての取材だったので、ずいぶん意気込んでいるようだった。そこで三樹彦は、彼女に特集ページをすべてまかせてみることにした。性格はともかく、仕事において知世は有能だった。十ページ近くを丸ごと預けるのは初めてだったが、三樹彦は写真撮影とインタビューのフォローに徹することにした。

特集のテーマは温泉だ。Ｈ市の近隣には温泉街がいくつもある。どこも有名とは言えず、各々の温泉宿も営業的に苦戦を強いられているが、そんな中でも、経営者が若返ってイノベーションに乗りだしているところも少なくなかった。もちろん、伝統を守っている老舗《しにせ》には老舗の魅力があり、両者を対比する形で誌面を構成するように知世には伝えた。

問題は季節だった。

いまは梅雨で、タウン誌が発行されるのは夏である。温泉宿といえば冬の雪景色、春の桜、秋の紅葉が思い浮かぶが、夏場に温泉巡りをするのはよほどの好事家《こうずか》だ。

「だからこそ、温泉特集なんだよ！」

社長は鼻息を荒げて言った。珍しく編集方針に口を出してきた。

「夏場は温泉街から客足が遠のく。温泉宿は干上がりそうになる。それを応援しよう、助けてやろうって心意気がなくて、なにがタウン誌なのか。春秋冬に温泉特集なんて陳腐なことは、全国規模のミーハー雑誌にまかせておけばよろしい」

なるほど、社長はよほどの好事家だった。温泉通いの目的は、温泉そのものでも風光明媚な景色でもなく、スーパー・ピンク・コンパニオンなのだから……。

正直、三樹彦はあまり乗り気ではなかった。社長の主張もわかるけれど、撮影機材は湿気に弱い。梅雨時の温泉など取材したら、手入れが面倒くさそうだ。

ところが、知世は社長に賛成した。

「わたし、梅雨時の温泉宿って大好きなんですよ。とっても情緒がある。梅雨のない北海道で育ったせいかもしれませんが、しとしと小雨が降ってる露天風呂とか、風情があって絶対絵になります」

「そうだろう、そうだろう。温泉に求められるのは情緒であって風情なのだよ、伊庭くん。次号の特集は温泉で決まりだ」

三樹彦は了解した。次号で特集ページを知世にまかせることに決めていたので、どうせなら本人がノッてる企画のほうがいいと思ったからである。

2

一日で十軒もの温泉宿をまわらなければならない取材はハードだった。

それでも、知世は終始笑顔を絶やさず、すべてのインタビューをやり遂げた。彼女の好みは、若い経営者がイノベーションしたところより、年季の入った老舗だった。

三樹彦としては清潔感があって明るい前者のほうが快適に過ごせそうだと思ったが、知世が感嘆の声をもらして眼を細めるのは、決まって古いだけが取り柄に見える薄暗い宿だった。

「こういうところって、梅雨時の雨に映えるんですよねえ……」

三樹彦は一日中しつこく降りつづく雨にいい加減キレそうになっていたが、そう言われてしまっては愚痴のひとつもこぼせない。不粋《ぶすい》な男に思われたくないという見栄が、多少なりとも働いていた。ただ、取材を進めるにつれ、知世の美意識がなんとなく理解できてきた。

古い宿の庭で、彼女は不意にしゃがみこんだ。なにをしているのかと思ったら、あじさいを見ていた。梅雨時に咲き誇るあじさいは、雨に濡れるほど美しくなる花だった。薄暗い中でこそ、青紫や赤紫が映える。

なるほど……。

花にたとえるなら、知世はひな菊でも白百合でも真っ赤な薔薇でもなく、あじさいだった。知世があじさいに魅せられるように、三樹彦は次第に、雨の中にいる知世に魅せられるようになった。彼女のような女と、しっぽり温泉旅行ができたら楽しいだろうなと思った。楽しいというかいやらしい。雨に濡れたあじさいはエロかった。梅雨時の薄暗い古宿は、エロいことをするのにうってつけのシチュエーションのような気がしてきた。

もちろん、単なる妄想だが……。

「お疲れさま」

最後の取材を終え、宿から出ると、三樹彦は大きく息をついた。鬱陶しい雨はまだ降りつづいていたが、長丁場を乗りきった解放感が心地よかった。朝七時に集合し、現在は夜の七時である。

「それじゃあ、戻りましょう。マジで疲れたでしょう？　初めての取材」

「疲れましたけど……」

どういうわけか、知世は落ち着かない様子だった。

「これから直帰して、明日はお休みですよね？」

「そうだけど……」

今日は金曜日だから、当然明日は休みである。不況風の吹く地方都市にあって週休二日を実現させていることは、社長の企業努力と評価できる。

「わたし、この旅館に泊まっていきたい」

「はっ？」

「素敵な温泉いっぱい見ちゃって、一度も入れないなんて蛇の生殺しです。べつにいいですよね？　宿泊料は自分で払いますから」

「いや、まあ……そうですか……」

大胆な発想にたじろぎつつも、とめる理由はなかった。この宿は古いながらも規模が大きく、部屋数が三十以上あるのに、今夜は団体客がひと組だけだと女将が嘆いていた。ひとりでも客を確保できれば、喜ばれるに違いない。

「それじゃあ、僕はお先に……」

三樹彦が駐車場に向かおうとすると、

「ええっ！」

知世が大仰な声をあげた。

「一緒に泊まってくれないんですか？」

「はっ？　どうして僕が……」

「温泉、お嫌いなんですか？」

「べつに嫌いでは……」

「家で待ってる人もいないんですよね？」

「まあ……」

「犬の散歩が日課とか？」

「猫なら昔飼ってましたが……」

「理解できません」

知世が詰め寄ってくる。

「泊まらない理由が、ひとつもないじゃないですか」

たしかにその通りだった。だが逆に言えば、泊まる理由もない。温泉宿に一緒に泊まる男女は、夫婦とか恋人同士とか、せめて友達以上恋人未満だろう。フェラをしてもらったとはいえ、三樹彦と知世はそこまで深い関係ではない。そもそも彼女はフェラをしたこと自体、忘れている。

「一緒に泊まりますよね？」

知世に腕を取られた。必然的に、豊満な胸のふくらみが肘にあたる。

「それはちょっと……遠慮しとこうかな……」

「嘘でしょ？」

知世が泣きそうな顔になる。

「こんな薄暗い古ぼけた旅館に女がひとりで泊めてくださいなんて……自殺しに来たと思われますよ」

「思われないんじゃないかなあ。タウン誌の取材だって名刺渡したし……」

だいたい、薄暗い古ぼけた旅館が好きなのは誰なのか？　他ならぬ彼女ではないか。それでも三樹彦は、泊まることを了解した。長丁場の取材で疲れていて、言い争いをしているのが面倒になったのだ。

泊まるなら泊まるで、さっさとひとっ風呂浴びて、一杯飲んで寝たかった。実際に温泉に浸かってみれば、これから彼女が書く記事に深みが出るかもしれないという期待もあった。


通された部屋を見て愕然とした。

受付を知世にまかせたのだが、ひとつの部屋に泊まることになっていたのである。和風旅館特有の分厚い布団がすでに、ふたつ並んで敷いてあった。案内してくれた女将はニヤニヤと笑っている。取材しに来た記者なのに、実はふたりはできていたのね、と言わんばかりだ。

「ひとりひと部屋なんてもったいないじゃないですか」

顔色を失っている三樹彦の耳に、知世はひそひそとささやいた。

「それにほら、ちゃーんと中はふた部屋なんですから、こうすればいいんですよ」

くっついていた布団の片方を、奥の間に引きずっていった。襖《ふすま》を閉めれば、たしかに別々の部屋になるわけだが……。

「それじゃあ、ごゆるりと……」

女将が笑いを嚙み殺しながら出ていった。この期に及んで潔癖な関係をアピールすることなんてないのに、と彼女の顔には書いてあった。

三樹彦は恨みがましい眼つきで知世を睨んだ。

いったいどういうつもりだろう？　これはまさしく、男が女を騙くらかすときの手口ではないか。知世は女で、未亡人なのに……。

脳内に舞香が現れた。未亡人が軽率に振る舞ってなにが悪いの？　羽目をはずしちゃいけないんですか？

いけなくはないが、ということはつまり、知世も羽目をはずしたがっているのだろうか？　それともただ単に、倹約家なだけ？

「わたし、お先にお湯をいただいてきます」

バツが悪かったのだろう。知世は三樹彦の視線から逃れるように、そそくさと部屋を出ていった。

3

「まいったなあ……」

浴衣《ゆかた》に着替えて浴場に向かいながらも、三樹彦はもやもやした気分のままだった。

知世の目的が単なる倹約だったとしても、一緒の部屋に泊まるのはいかがなものかと思う。

襖を引けば中はふた部屋というのは詭弁《きべん》である。襖一枚隔てた向こうに知世が寝ていると思うと、緊張して安らかに眠れそうもない。酒の力を借りて眠ってしまうという手もあるが、それはそれで問題がある。

知世は酒癖がよろしいほうではないし、自分だってこの前はだいぶあやしかった。泥酔する前に引きあげるという当然の判断ができなかったし、フェラをされたのだって、こちらに隙があったという見方もできる。実際、彼女のグラマーなボディに触れて、勃起してしまっていたわけだし……。

行く手に、男湯・女湯という大きな暖簾《のれん》が見えた。しかし、それとは別に広々とした露天風呂があることを三樹彦は知っていた。先ほど取材したばかりだった。そちらは混浴だから、知世が入っていることは考えられない。雨脚も弱まってきているようなので、ひとりで満喫することにしよう。

ところが……。

浴衣を脱ぎ、前をタオルで隠して外に出ていくと、白い背中が眼に飛びこんできた。長い髪をアップにまとめてうなじを見せている。

女だった。

他に人がいなかったので、これはいささか気まずいことになりそうだ。

「あら……」

女が振り返った。

知世ではないか！

信じられなかった。一緒に取材をしたのだから、ここが混浴であることは彼女だって知っているはずだった。団体客がいると言っていたから、スーパー・ピンク・コンパニオンが大好きなセクハラ社長のごときスケベオヤジが入ってる可能性だってあるのである。

「どうぞ、ご遠慮なく」

知世はうなじを見せて言ったが、三樹彦は一歩、また一歩と後退っていった。遠慮なく入れるはずがなかった。

「どうしたんですか？」

横顔を向けてきた。眼を伏せていたが、その瞳が妖しく輝いていることを、三樹彦は見逃さなかった。

「そんなふうに逃げられたら、わたし、傷ついちゃいますよ」

「いや、しかし……」

「傷ついたら、ひと晩中泣き明かしますよ。泣きながら、責めます。三樹彦くんのこと……」

三樹彦は天を仰ぎたくなった。「くん」づけということは、いまはプライヴェートという認識らしい。それはともかく、ひと晩中泣いて責められるのは困る。そこまで大げさではなくても、根にもたれたら仕事にも支障を来《きた》す。彼女はいま酔っていないから、忘れてくれることもないだろう。

しかたなく、かけ湯をして入った。ちょっとぬるめで柔らかなお湯だった。泉質は好みだったが、のんびり満喫できる状況ではなかった。

三樹彦は、知世に背中を向けていた。それが精いっぱいの抵抗だった。背中を向けていても、気配は感じた。なにをやっているのか知らないが、ちゃぽーん、ちゃぽーん、と音がした。色香ダダ漏れの彼女は、気配だけでもエロかった。

「しっ、知りませんよ、僕は……」

黙っていることに耐えられず、三樹彦は言った。

「ここ混浴ですからね。団体客のオヤジたちが入ってきたら、セクハラどころの話じゃないですよ」

「大丈夫です」

知世は笑った。

「大広間で宴会が始まってましたから、団体さんはしばらく来ません」

三樹彦は唸った。そこまで確認していたとは思わなかった。

「だって、ここの露天風呂、とっても素敵じゃないですか。絶対入りたかったんです。檜《ひのき》の内風呂もよかったですけど」

「僕が入ってくるとは思わなかったんですか？」

「半々かなあ……でもまあ、三樹彦くんとなら裸の付き合いをしてもいいかなって」

クスクスと笑いだしたので、三樹彦はイラッとした。完全にナメられていた。年下だからといって、愚弄されるのは心外だ。

「裸の付き合いですか？　ならば心も裸にして、言わせてもらっていいですか？」

「どうぞ」

「あなたは……知世さんは、エロすぎるんですよ。色気がダダ漏れなうえに、こんなふうに誤解を生む行動をとる。社長にセクハラされたって言いますが、知世さんが挑発したんじゃないですか？　そういうことしちゃった自覚はないんですか？　社長のスケベも眼に余りますが、知世さんのお色気むんむんも同様です」

しばらく言葉が返ってこなかった。さすがにきついことを言いすぎて、怒らせてしまっただろうか？

恐るおそる振り返った。知世は向こうを向いていた。後ろ姿なので表情はわからなかったが、片手が顔のところにあった。なんとなく、涙を拭っている仕草に見える。

まずい……。

怒られるのは、まだいい。こちらも腹を割って話したので、怒りを甘んじて受けとめる用意はある。

だが、泣かれるのは困る。どうしていいかわからない。男兄弟の末っ子として育ち、たったひとりの女としか付き合ったことがないので、慰める術を知らないのだ。知世がついに嗚咽をもらしはじめたので、三樹彦は青くなった。

「色気がダダ漏れ……そういう言い方されるのはちょっとつらいですけど、自分でもアピールしすぎかなって思わないこともなくて……昔はこんな感じじゃなかったんです。夫が健在だったときは……わたし、人より愛情が多いのかもしれません。夫には負けますけど、わたしだって夫のことを精いっぱい愛してました。その愛情のもっていき場が、なくなってしまったというか……夫さえ生きていてくれれば、絶対にこんな感じじゃなかった。一心に愛情を注げる存在さえいてくれれば……」

湯煙の向こうで、白い背中が震えていた。泣き顔は見えなかったが、声は完全に涙声だった。

三樹彦はせつなく胸を締めつけられた。愛する者を突然失ってしまう哀《かな》しみなら、三樹彦だって知っていた。亡くしてしまったわけではないけれど、もう少しでもらい泣きしてしまうところだった。

4

気まずい雰囲気のまま露天風呂から出た。

三樹彦が先にあがって、廊下で待っていた。余計なことを口走ってしまった罪悪感に、気分はひどく重い。

知世がやってきた。髪をアップにまとめたまま、浴衣に身を包んでいた。宿の部屋にあった白地に紺の柄のものだ。三樹彦も同じものを着ていたけれど、長い髪をアップにまとめ、白い素肌をピンク色に上気させた知世は、糊のきいた白い浴衣がたまらなくよく似合っていた。

いつもに倍して色っぽかった。表情のせいもある。眼が少し赤く腫れて、うつむいていた。横顔に、哀しみの影が差していた。先ほどの涙を、まだ引きずっていることは間違いなかった。

どうしたものか……。

肩を並べて歩きだしながら、三樹彦はそわそわと落ち着かない。知世にこんな顔をさせているのは、間違いなく自分の責任だった。せっかく情緒ある温泉宿に泊まっているのに、このままでは彼女に残る思い出は最悪なものになるかもしれない。なんとかしなければ……なんとか……。

とはいえ、雰囲気を一変させるアイデアなど、三樹彦にはなかった。せいぜい、収拾がつかなくなることを覚悟して、酒でも飲むことくらいしか……。

大丈夫だろうか？

滅茶苦茶に酔っ払うくらいならいいが、泥酔した彼女はこの前、いきなりフェラチオしてきたのである。

「ずいぶん賑やかですね？」

知世の声に、ハッと我に返った。

「宴もたけなわ、って感じ」

ふたりは宴会場の前を通ろうとしていた。やんやの歓声と手拍子、そして「やーきゅーうー、すーるならー」という掛け声が聞こえてきた。酒を運んできた仲居《なかい》が襖を開けたので、中の様子がうかがえた。

男と女がパンツ一丁で野球拳をしていた。気まずい雰囲気を吹き飛ばすような、お下劣な光景だった。これが噂に聞く温泉遊びというやつなのだろうか？　黒いパンティ一枚で剝きだしの乳房をユッサユッサと揺らしているのは、噂に聞くなんでもありのスーパー・ピンク・コンパニオンか？

「ちょっと、あの人……」

知世が耳元でささやいた。三樹彦は自分の眼を疑った。スーパー・ピンク・コンパニオンを向こうにまわし、「よよいの、よい！」「よよいの、よい！」と野球拳に興じているのは、鎌田社長ではないか。

「マジか……」

「最っ低！」

押し殺した声ながらも、知世は侮蔑《ぶべつ》をこめて吐き捨てた。三樹彦にも異論はなかった。野球拳に勝った社長は、拍手喝采を浴びながらスーパー・ピンク・コンパニオンにむしゃぶりついて、パンティを脱がしにかかった。

三樹彦も知世も、スーパー・ピンク・コンパニオンのヌードが見たいわけではなかった。ただ、凍りついたように固まっていただけだ。それがよくなかった。黒いパンティをさげたり戻したりしていた社長が、こちらに気づいた。知世は真っ赤に染まった顔を伏せていたので、正確には三樹彦に気づいた。

「あれ？　おまえ……」

スーパー・ピンク・コンパニオンを放りだし、こちらにやってこようとする。冗談ではなかった。知世とふたりでこんなところにいる現場を押さえられたら、身の破滅である。どんな言い訳も通用するはずがない。「ふたりで温泉宿に泊まっている＝できている」と判断される。事実はそうでなくても、誰だってそう考える。ましてやドスケベ社長なら……。

「行きましょう」

知世をうながし、走った。後ろから社長が追いかけてくる。

「おーい、おまえ、伊庭くんだろう？　なんで逃げるんだよ、一緒に飲もうじゃないか。俺だよ！　鎌田だよ！」

三樹彦と知世は本気で走った。ドタバタと足音を鳴らして廊下を疾走し、階段を駆けあがった。いつの間にか、ふたりは手を繋いでいた。そんなことも気にならないくらい、焦りまくっていた。

社長はしたたかに酔っているうえに、ブリーフ一枚だった。にもかかわらず、しつこく追いかけてきた。知世と手を繋いで宿中を逃げまわりながら、三樹彦は生きた心地がしなかった。

ようやく部屋に逃げこむと、即座にフロントに電話した。

「ええ、ええ、そうなんですよ。いま宴会場にいる団体客の中にうちの社長がいるんです。大変申し訳ありませんが、我々が泊まっていることは内密に……ええ、ええ、取材のついでに温泉宿に泊まっているなんてことがバレたら馘《くび》になってしまうので……申し訳ございませんが、ひとつよろしくお願いします……」

電話を切ると、三樹彦は大きく息を吐きだした。女将はこちらの言い分を理解してくれたようだが、安心はできない。どう考えても、さっさと引きあげたほうが身のためだ。

「わたし、こんなに走ったの、学生のとき以来です」

布団の上に座りこんでいる知世は、胸を押さえてまだ息をはずませている。湯上がりのときより、顔が赤い。

「とにかく着替えて帰りましょう。ここにいたら、社長に見つかる可能性が……」

「べつにいいじゃないですか、見つかったって」

耳を疑うような言葉に、三樹彦の顔はひきつった。知世はシレッとした顔で続ける。

「だって、べつに悪いことしてるわけじゃないでしょ？　温泉宿を取材して、泊まりたくなったから自費で泊まった。それだけのことですよ」

「男と女が一緒の部屋に泊まってたりしたら、社長じゃなくても、世間はそうは見てくれません。絶対にいけないことしてるって……」

知世はつまらなそうにそっぽを向いた。

「お願いしますよ」

三樹彦は身を寄せていき、顔をのぞきこんだ。知世が手を取り、自分の胸に導いていったので、三樹彦は卒倒しそうになった。左側の乳房の、少し上だったが……。

「ドキドキしてるの、わかります？」

三樹彦はうなずいた。

「本当は、走ったからじゃないですよ」

「じゃあ……なんで……」

「いっそのこと、いけないことしちゃいます？」

知世の眼つきが変わった。黒い瞳は濡れているのに、炎がともっているようでもあった。じっと見つめられ、三樹彦は動けなくなった。手のひらには、彼女の心臓の音が伝わっている。三樹彦の心臓は、それ以上の勢いで早鐘を打っている。

「本当にいけないことしてるなら、見つかっても諦めもつくというか……」

「なっ、なにを言ってるんですか」

三樹彦は笑い飛ばそうとしたが、知世の眼つきはセクシャルになっていくばかりだ。

「それとも、お酒飲まないと、いけないことできない？」

「えっ……」

「いくら泥酔してたって、オイタしたことくらい覚えてますよ、わたし……」

「いっ、いやあ……」

三樹彦の顔は限界までひきつりきった。額に脂汗が浮かんできた。玄関フェラのことを言っているに違いなかった。オイタをしたのは彼女のほうで、自分ではない——

と言いたかったが、射精をして気持ちよかったのは三樹彦だった。彼女はべつに、気持ちよくなっていない。結果から事態を精査すると、分が悪い……。

「さっ、最初からっ……ここに泊まるって言ったときから、そういうつもりだったんですか？　一緒の部屋をとったりして……」

「どうかしら？」

知世は曖昧に首をかしげた。

「でも不思議と、三樹彦くんには心を許せてしまうから……さっきもそうだし、この前お酒を飲んだときもそう。わたし、あんなふうに夫のこと話したの、三樹彦くんが初めて……」

知世は三樹彦の右の手首をつかんでいた。心臓の上にあった手のひらを、乳房のほうにずらしてくる。豊満で柔らかな隆起を感じてしまう。もはや疑いなく、彼女は自分を誘っている。

誘いに乗るべきかどうか、迷った。迷うに決まっている。彼女は会社の同僚だった。三樹彦は年下でも、指導的立場にある先輩だ。

しかし、頭で判断するより早く、体が反応してしまった。三十四歳の未亡人に妖しい眼つきで見つめられ、浴衣の上からとはいえ乳房に触れていた。すでに王手飛車取りのような、絶対的な窮地に立たされていたのである。

気がつけば勃起していた。浴衣の下にブリーフは穿いていなかった。湯上がりに一日穿いていたものを穿きたくなかったからだが、穿いておくべきだった。浴衣の前から亀頭がコンニチワしていた。

あまりにも滑稽な自分の姿に、三樹彦は泣きたくなった。目敏《めざと》い知世が、それを見逃すはずがなかった。ニヤリと笑われたら本当に涙を流したに違いないが、知世は笑ったりしなかった。せつなげに眉根を寄せて抱きついてきた。

5

布団の上に転がった。

漫画のようにゴロゴロと……。

どういうわけか、三樹彦が上になっていた。馬乗りの状態で、知世の顔を見下ろしていた。妖しい眼つきをしているものの、知世は平然としていた。三樹彦の体は震えている。それを悟られないようにするのが難しいくらいに……。

場数の違い、というやつだろうか。一カ月間、毎日のように舞香を抱いていたとはいえ、三樹彦が知っているのは彼女だけ。対する知世は未亡人で、ということはその前は人妻だった。ラブラブ、イチャイチャの新婚時代も過ごしていれば、日常的に夫婦生活を営んでいたはずだ。

これだけ美人なのだから、人妻になる前だってすこぶるモテたに決まっている。女教師をしていたときは、女子高にもかかわらずバレンタインのチョコが大量に集まってきたと言っていた。もし男子校だったら、毎日のように生徒に告白されていたのではないだろうか？　教師になる前の女子大生時代も、その前の女子高生時代も、モテなかった時期なんて皆無なのでは？

だが、余計なことを考えている場合ではなかった。知世はいま、他ならぬ三樹彦を誘っている。誘いを拒むことはもう、不可能に近い。浴衣から亀頭を出しているペニスはズキズキと熱い脈動を刻み、セックスがしたいと叫んでいる。童貞時代ならこのタイミングでも拒めたかもしれないが、三樹彦はもう、セックスの魅力を嫌というほど知っているのだ。

唇を重ねた。知世は唇までグラマーで、ぽってりと肉厚だった。眩暈を誘うほどセクシーな弾力を帯びていた。なるほど、この唇でフェラチオをされれば、あっという間に射精に導かれてもしかたがない。

三樹彦から舌を差し入れた。遠慮がちに舌をからめあった。

浴衣の前を割ろうとすると、

「灯《あか》り……」

知世は恥ずかしげに顔をそむけながら言った。

「消してもらっていいですか……」

「……はい」

三樹彦は立ちあがり、壁際のスイッチに向かった。消す前に知世のほうを振り返ると、ひとつにまとめていた髪をおろしていた。ストレートの長い黒髪が肩にかかると、女らしさがぐっと増した。

照明を消した。といっても、真っ暗にしてしまうとなにも見えないので、オレンジ色の常夜灯は残す。床の間のある和室が、一気に淫靡《いんび》なムードになった。三樹彦のペニスはもはや亀頭だけではなく、竿《さお》までにょっきり浴衣から顔を出していたが、かまっていられなかった。

布団に戻り、知世に身を寄せていく。今度は横側から添い寝するような体勢だ。再び唇を重ねる。ねちゃねちゃと音をたてて舌をからめあう。だが、一生懸命舌を動かしているのは三樹彦ばかりで、知世は受け身な感じである。

同じ唇と舌なのに、バキュームフェラのときとはずいぶん印象が違った。あのときは泥酔状態で、いまはシラフだからだろうか？　ちょっと飲んでから始めればよかったのかも……と思ったが、もはや後の祭りである。

浴衣の前を割った。想像はついたが、知世はブラジャーをしていなかった。三樹彦がブリーフを穿いていないのと同じ理由だろう。

そんなことはどうでもよく、巨乳としか言い様がない豊満な隆起に圧倒された。大きくても柔らかなせいなのか、あお向けになると鏡餅のように少し潰れていた。巨大な乳房に対して、小さな乳暈《にゅううん》が卑猥だった。色はくすんだあずき色。見るからに敏感そうな色艶《いろつや》である。

裾野の方から乳房をすくった。肌はすべすべで、乳肉は驚くほど柔らかかった。指が簡単に沈みこむし、そのくせ吸いついてくるような餅肌だ。餅は餅でも、搗《つ》きたての餅である。

夢中で揉みしだいた。知世が白い喉を突きだす。呼吸ははずんでいるが、まだ声は出さない。乳首をくすぐっても、我慢している。

意外なほどの慎ましさに、三樹彦は内心で首をかしげた。普段はお色気むんむんなのに、乳首を刺激されてもあえがないとは、いったいどういうわけだろう？

もちろん、浴衣から豊満な双乳をこぼしている知世に、色気がないわけではなかった。見ているだけで我慢汁が噴きこぼれる、たまらなくそそる存在だった。

ただ、三樹彦にとって唯一の恋人であった舞香と、どうしても比べてしまう。普段は明るく健康的なのに、ベッドに入ると恥も外聞もうっちゃって肉欲をむさぼっていた元ダンサーと……。

だが、三樹彦ももう、なにも知らない童貞ではなかった。女が慎ましい反応しか返してこないなら、あの手この手で乱れさせてやるだけだ。

三樹彦が奮い立って上体を起こすと、

「あのっ……」

知世が袖《そで》をつかんできた。

「なにをするつもりなんですか？」

「なにって……クンニ……」

「苦手なんです」

知世は気まずげな顔で首を横に振った。

「しないでもらってもいいですか？」

「舐められるのが苦手なんですか？」

コクン、と知世はうなずいた。自分はバキュームフェラをしてきたくせに、とは思っても口にはできない。

「手で触るのは大丈夫？」

もう一度、コクン、とうなずく。

世の中にはいろいろな女がいるものだ、と三樹彦は再び添い寝の体勢になった。舞香はたぶん、クンニのないセックスはセックスじゃない、くらいのことを考えていたに違いない。

気を取り直して、右手を知世の下半身に這わせていった。浴衣をめくり、太腿を撫でる。三十四歳の太腿は逞しいほどむっちりしていて、三樹彦は思わず生唾を呑みこんだ。まったく、とことんグラマーなスタイルをしている。うっとりしながら撫でまわし、指を食いこませて揉みしだく。

そうしつつ、じわじわと両脚をひろげていく。内腿を撫でさすると、知世の腰がビクンと跳ねた。ここが感じるらしい。ならば、とさらに大きく脚をひろげ、爪を立ててくすぐりまわした。

「んんっ……くぅううっ……」

知世が身をよじる。くすぐったいとばかりに脚を閉じようとするが、三樹彦はもちろん許さない。むしろ、さらに大胆にひろげていく。浴衣がめくれあがって、黒い陰毛が見えた。優美な小判形をしている草むらが、常夜灯の淡い灯りを浴びて艶々と輝いていた。

三樹彦は身震いするほど興奮した。それがノーマルな女体の特徴でも、パイパンの女としかまぐわったことがないからだ。異常に卑猥な感じがした。獣じみている、とも思った。女らしいグラマーボディとハレーションを起こしそうなほど、そこだけがひどく動物的だ。

早速触れたくてしかたがなかったが、我慢して内腿への愛撫を続けた。焦らし、である。慎ましいふりをしている未亡人も、焦らしてやれば本性を露わにするだろう。内側からこみあげてくる欲望が、理性を崩壊させるに違いない。

さわさわ、さわさわ、と内腿をくすぐりまわした。知世はうめきながら、腰をくねらせる。くすぐったがっている、だけではない。感じていることを隠しきれず、欲情がにじみだしている。

その証拠に、自分から両脚をM字に開いた。その振る舞いにハッとして、すぐに両脚を戻そうとした。三樹彦は胸の高鳴りを禁じ得なかった。本性が暴かれる瞬間は刻々と近づいてきている。だいたい、あれほどいやらしいバキュームフェラをしてきた女が、慎ましいわけがないではないか。

Ｖサインをつくった二本指で、女の花の両サイドをなぞった。太腿の付け根をなぞる感じだ。何度も刺激しながら、草むらを撫でてはつまむ。見た目も優美な小判形だが、猫の毛のように柔らかい。

「くっ……くくっ……」

知世がもじもじと腰を動かす。

太腿の付け根をなぞっても、草むらを撫でても、まだ肝心なところには触らない。触るぞ触るぞ、とフェイントをかけては、すかす。焦らしに対する反応は、顕著だった。いくら声をこらえていても、疼きはじめた女の花が淫らな放熱を開始する。じっとりと湿った熱気が、指にからみついてくる。

もう濡らしているに違いなかった。満を持して、右手の中指を舐めて、割れ目をすうっとなぞりあげてやると、

「あううっ！」

知世は短く叫んで、真っ赤になった顔をそむけた。ついに声をあげさせることに成功した。気をよくした三樹彦は、さらに割れ目をなぞりたてた。下から上に、下から上に、ねちっこく指を這わせていると、ヌルヌルした感触がしてきた。蜜が漏れだし

ているのだ。

三樹彦は人差し指と中指で、割れ目を閉じたり開いたりした。Vサインの間から、薄桃色の粘膜が顔を出しているはずだった。体勢的に見られないのは残念だったが、知世の呼吸が眼に見えて荒々しくなってきた。

薄桃色の粘膜に、新鮮な空気を感じているからだろう。花びらに防御されていた、敏感すぎる肉ひだの層に……。

「あああっ！」

知世が三樹彦の浴衣をつかみ、すがるような眼を向けてくる。三樹彦の指が、ついに窪地に触れたからだ。ひらひらと指が泳ぐほど濡れていた。これほど濡らしているのに、まだ慎ましい態度を続けようとしているところが憎たらしい。

6

「ねえ、知世さん……」

指を動かしながら、耳元でささやいた。

「僕、クンニしたい」

「苦手だって言ってるでしょう」

言いつつも、指の動きに合わせて腰がくねっている。両脚はM字開脚だ。先ほど三樹彦がひろげたのだが、元に戻すことを忘れている。

「ねえ、いいでしょう？」

ヌプヌプと浅瀬に指先を沈めこむ。

「くぅうっ……」

「もっと知世さんに感じてもらいたいんですよ。我を忘れるくらい……」

「そんなのいやなの」

「どうして？　セックスって我を忘れて楽しむものじゃないですか」

「とにかく苦手だから許してください……あああっ！」

クリトリスを触ってやると、知世は腰を跳ねさせた。まだ包皮の上からのはずだが、さすがの反応である。

時折クリトリスに触りながらも、三樹彦は蜜の溜まった窪地を中心に指を使った。わざとねちゃねちゃと音をたてつつ、左腕を知世の首の後ろにまわし、左の乳房を揉みしだいた。右の乳首は口に含んで吸いたてる。女の性感帯という性感帯を同時に責められ、知世は激しく身をよじった。

それでもまだ、声をこらえている。長く息をつめては、ハアーッと吐きだす。長く息をつめているのは、快感を嚙みしめているからだ。三樹彦も気持ちがいいときは、呼吸ができない。

「ねえ、クンニしてもいいでしょう？」

しつこく耳元でささやいてやる。知世の耳は、もう真っ赤だった。もちろん、顔も首筋も胸元も、同じ色に染まっている。

「どうしてもしたいんですよ。いまより絶対気持ちいいですよ。クリトリスがふやけるくらい舐めてあげますから」

「ううう……くうううっ……」

上下の性感帯を同時に責められている知世は、次第に判断力を失っていっているようだった。いやいやと首を振っていたかと思うと、コクンとうなずいたりもする。

「いいんですね？　クンニしてもいいんですね？」

もう一度、コクンとうなずいた。きりきりと眉根を寄せ、紅潮した顔に汗の粒を浮かべていた。とにかくいまの快楽地獄から逃れたいようだったが、まだまだ地獄の一丁目だ。

クンニＯＫの言質をとった三樹彦は、軽やかに身を翻《ひるがえ》して知世の両脚の間に陣取った。あらためて両脚をM字にひろげて、その中心に眼を向けた。小丘に黒い草むらが茂り、その下でアーモンドピンクの花びらがだらしなく口を開いている光景は、衝撃的ないやらしさだった。

パイパンもエロティックだったが、毛があるほうが淫靡である。なるほど、知世はあじさいの女だった。じめじめした梅雨の雨の中でこそ、その魅力を解き放つ。匂いたつように咲き誇り、見るものを悩殺してくる。

しかも、舞香より匂いが強かった。これが熟女の性臭なのか、磯《いそ》の匂いとチーズ系の発酵臭がミックスされたようないやらしすぎるフェロモンが、むんむんと鼻先に漂ってくる。

「やっ、やっぱり、恥ずかしい……」

知世が手のひらで股間を隠してくる。この期に及んで抵抗しようとする手を剥がし、ふうっと息を吹きかけてやる。それだけで知世は「あんっ！」とのけぞり、羞恥に顔を歪めきる。

ベッドで慎ましい女も悪くない、と三樹彦は思った。慎ましいということは、羞じらい深いということなのである。羞じらい深さは、男を奮い立たせる。その裏に隠されている獣の牝の本性を、暴いてやりたくてたまらなくなる。

普段のキャラと整合性がとれていない気がしたが、そんなことを言いだしたら、舞香だって昼の顔と夜の顔が別人のようなものだった。可愛い顔をして、男のアヌスに平気で舌を這わせてきた。

「舐めますよ……舐めちゃいますよ……」

三樹彦は、自分でも卑猥と思える口調でささやきながら、ダラリと舌を伸ばした。まずはアーモンドピンクの花びらから、舐めていくことにする。すでに左右に開いているその片側に、ねっとりと舌を這わせる。

「あああーっ！」

知世が声と腰を跳ねあげる。本気で羞じらっているようだったが、三樹彦はかまわず花びらを口に含んでしゃぶりまわした。快楽は、羞じらいの向こう側にあるものだ。三樹彦はそれを舞香に教えてもらったが、三十四歳の未亡人にしてここまで羞じらい深いとむしろ燃える。

三樹彦は左右の花びらを、それこそふやけるくらいにしゃぶりたてた。口の中で肥《ひ》厚《こう》していく感じがいやらしかった。花びらに夢中になっている間に、薄桃色の粘膜からは大量の蜜がしたたって、アヌスのすぼまりまで流れこんでいた。

三樹彦は右手の中指にたっぷりと唾液をつけると、蜜の源泉に差しこんだ。知世は悲鳴をあげ、逞しい太腿をひきつらせた。三樹彦は指を根元まで挿入すると、鉤《かぎ》状に折り曲げた。

「ああっ、いやあっ……あああああっ……」

知世がジタバタと手脚を動かす。だが、いくら暴れても、指は抜けない。指先で上壁のざらついた部分を探す。いわゆるGスポットを、ぐっ、ぐっ、ぐっ、と押しあげてやる。

「ダッ、ダメッ……そんなのダメえええーっ！」

焦りに焦っている知世の姿に、三樹彦はニヤリと笑ってしまった。いままで散々振りまわされてきた彼女を、指一本で翻弄していることが嬉しくてしようがなかった。

しかも、クンニはまだ始まったばかりなのだ。

ぐっ、ぐっ、ぐっ、とリズミカルにGスポットを押しあげながら、次の獲物に狙いを定める。黒い草むらに覆われているが、位置はだいたい把握している。花びらの合わせ目の上端に、舌先を伸ばしていく。

「はっ、はぁううううーっ！」

今日イチいやらしい悲鳴が、知世の口から放たれた。まだ包皮の上からだが、生温かい舌でクリトリスを舐め転がされる快感に、いよいよ我を忘れかけている。もう少しだった。レロレロ、レロレロ、と舌先を素早く動かして、クリトリスを刺激する。ぐっ、ぐっ、ぐっ、とGスポットを押しあげる指先にも、力をこめる。

「ああっ、ダメッ……ダメようっ……もう許してっ……おかしくなっちゃうっ……こんなの、おかしくなっちゃううううーっ！」

知世はあえぎにあえぎ、全身から汗を噴きださせた。浴衣を羽織ったままだから、暑いのだろう。いま正常位で合体すれば、お互いの肌が汗でヌルヌルとすべってたまらなく気持ちがよさそうだったが、それにはまだ早い。知世との約束を、まだ果たしていない。

三樹彦は左手で草むらをそっと掻き分け、クリトリスを眺めた。すでに半分ほど包皮から顔を出しているそれを、ペロリとめくって完全に剝きだしにする。米粒状の小さな肉芽が、いやらしく尖りきってプルプルと震えている。ふやけるほど舐めてやるという約束を果たすため、尖らせた舌先で剝き身を舐め転がしてやる。

「はっ、はぁううううーっ！　はぁうううううーっ！」

知世がガクガクと腰を震わせる。体中を反り返して、悶えに悶える。ぎゅっと布団を握りしめている細指が、なんとも言えずいやらしい。

たまらないようだった。

剝き身のクリトリスを舐め転がされながら、Gスポットをリズムカルに押しあげられる――感じないわけがなかった。慎ましいふりをしていた三十四歳の未亡人も、いまやほとんど半狂乱で、ひいひいと喉を絞ってよがり泣いている。

ここでやめてもよかった。

指のかわりにペニスを挿入すれば、ふたりで熱狂状態に突入できそうだった。できるに違いない。実際、はちきれんばかりに膨張しているペニスは、いまや遅しと出番を待っている。

だが、ちょっと意地悪な気持ちが胸で疼いた。苦手と拒んでいたクンニをしたのは、バキュームフェラの意趣返しでもあった。あんなふうに一方的に翻弄され、男の精を吸いとられたのは初めてだった。はっきり言って、顔から火が出そうなほど恥ずかしかった。

しかも、忘れていたのならともかく、知世はしっかりと覚えていた。覚えているくせに、翌日は何食わぬ顔で挨拶してきた。

そんな女は、エッチな意地悪をされてもしかたがないだろう。口と指で一方的に翻弄され、行くべきところに行き着いてしまう羞恥を、彼女にも味わってもらわなくては……。

「あああっ……ほっ、本当に許してっ……気持ちがよすぎておかしくなりそうっ……お願いだから許してえええーっ！」

気持ちがいいならいいではないか、と三樹彦はギアを一段あげた。鉤状に折り曲げた指を、抜き差ししはじめた。窪んだGスポットに指先を引っかけ、内側の蜜を掻きだすイメージだ。そうしつつも、剝き身のクリトリスは舐めつづけている。ふやけさせるには、まだ足りない。レロレロ、レロレロ、と執拗に舐め転がす。唇を押しつけて吸ったりもする。

「はぁおおおおーっ！　はぁおおおおおーっ！　はぁおおおおおーっ！」

獣じみた悲鳴を振りまきながら、知世がよがりによがる。三樹彦は絶頂に追いこむ手応えを感じた。最後にもうひと押し。蜜壺に入れている指を二本にした。

「あおおおおーっ！　いっ、いやっ……いやいやいやっ……イッ、イッちゃうっ……そんなにしたらイッちゃいますっ……」

「イッていいですよ」

三樹彦はクールに返したが、

「ダッ、ダメなのっ！　イッちゃやダメなのっ……」

知世は完全に切羽つまっていた。

「へっ、変な感じがするっ……イカせないでっ……もう許してっ……お願いだからあああーっ！」

三樹彦は聞く耳をもたなかった。二本指を鉤状に折り曲げ、蜜壺から出し入れするほどに、手のひらに蜜が溜まっていった。水たまりができていた。尋常ではない濡らし方だった。ここまで追いこんで途中でやめるなんて、あり得ない。

「イッ、イクッ！　イクウウウウーッ！」

知世はしたたかにのけぞって、喉を思いきり突きだした。ガクンッ、ガクンッ、と腰が震えていた。グラマラスなボディの肉という肉が、淫らなほどに痙攣していた。やった、と三樹彦は胸底で快哉《かいさい》をあげた。我、意趣返しに成功せり。

だが、余裕をかましていられたのは、ほんの束の間のことだった。次の瞬間、知世の股間から飛沫《しぶき》が飛んできたからだ。二本指の抜き差しはやめていなかったので、それにあわせて、ピュッピュッ！　ピュッピュッ！　と水鉄砲のように飛んでくる。

潮《しお》吹きだった。

舞香に潮を吹かせたことなどなかったので、三樹彦は腰が抜けそうなほど驚いた。股間から吹きだした潮は、当然のように三樹彦の顔面にかかった。首から肩、胸のあたりまでびしょびしょになって、布団まで無残に濡らしていく。

潮吹きが思いがけなかったのは、知世も同様らしい。

「ああっ、いやあっ……出ちゃうっ！　出ちゃうからとめてっ！　もう吹かせないでえええーっ！」

三樹彦が抜き差しをやめ、蜜壷から指を引き抜くと、

「は、恥ずかしい……うあああんっ……」

声をあげて泣きだした。両手で顔を覆い、亀のように体を丸めて、手放しで泣きじゃくった。

とても三十四歳の未亡人の所作ではなかった。むしろ少女のような泣きじゃくり方だ。潮を吹くほどの痛烈な快感と、おもらしじみた行為への羞恥で、感情の底が抜けてしまったようだった。

第六章 裸に指輪

1

また季節が変わった。

鬱陶しい梅雨がようやく明けて、夏がやってきた。東京の夏は蒸し暑いのに埃《ほこり》っぽくて好きになれなかったが、Ｈ市の夏は暑くても風が心地よくて、東京よりずっと高く見える青空が爽快な気分にしてくれる。

変わったのは季節だけではなかった。

三樹彦の隣のデスクにいる未亡人である。

長い黒髪をアップにまとめ、夏物のベージュのスーツを涼やかに着こなしている。ブラウスは清潔感のある白。だらしなく第二ボタンまではずしていることはない。足元もやたらと踵《かかと》の高いハイヒールではなく、普通のパンプスだった。なにより化粧が薄くなり、表情がきりりと引き締まっている。

ある日突然、劇的に変わったわけではなく、ひと月ほどの時間をかけて少しずつ変化していった。

「実はこんなに知的な感じだったなんて驚きだな……」

同じフロアで働いている印刷所の営業マンは感嘆の溜息をつき、事務所に出入りしている業者の人は、

「あれ？　和泉さんって、こんな感じだったっけ？」

と首をかしげる。もちろん、「こんな感じ」ではまったくなかった。見るからに色気がダダ漏れだった以前と比べ、まるで別人のように清楚になっていた。いまなら元の職業が教師だったというのもうなずける。それも、とびきり生活態度に口うるさそうな……。

「なんか、知世ちゃん、隙がなくってつまらない女になっちゃったな。エッチな冗談を言うと本気で怒られそうでさ……」

スーパー社長までそんなふうに嘆いているくらいだった。

ちなみに、温泉宿で鉢合わせした件については、シラをきりつづけていた。

「それは僕じゃないですよ。取材には行きましたけど、午後七時には引きあげましたから。社長が宴会している時間にはもういませんでした」

「本当かよ？　絶対に伊庭くんだと思ったけどな。顔は見えなかったけど、浴衣姿が色っぽい女連れてよ」

「だから僕じゃないですって。色っぽい女なんて連れてるわけないじゃないですか」

「本当に？」

社長は疑いを捨てきれないようだったが、こちらとしても断固として認めるわけにはいかなかった。

話を元に戻そう。

知世の変化には、ちょっとした秘密があった。彼女はかつて言っていた――色気がダダ漏れなのは、愛する人が不在だからだと。誰かを一心に愛することができれば、色気なんて漏れないはずだと。

三樹彦は半信半疑だったが、知世は自分の言葉をしっかりと自分で証明した。あれは言い訳でもなんでもなく、他人には理解しづらい複雑な心模様を素直に吐露しただけだったのだと、いまならよく理解できる。

昼は淑女のように、夜は娼婦のように――男の理想としてよく言われることだが、それはまさに、いまの知世のためにあるような言葉だった。

会社にはもちろん内緒だが、三樹彦と知世は付き合っていた。梅雨時の温泉宿に一緒に泊まったことがきっかけとなり、いまではアフターファイブと休日をともに過ごすことが当たり前になっている。

お互いの家を行き来しているが、どちらからと言えば知世が三樹彦の部屋に来ることのほうが多い。彼女もまた、三樹彦の部屋を「すごく落ち着く」と気に入ってくれている。


そんなある日の日曜日。

ガンガンガンというううるさいノックの音で、三樹彦は眼を覚ました。時計を見ると、午前十一時だった。知世はたしか、正午に来ると言っていたはずだ。

「サンドウィッチをつくってくるから、前の河原で食べましょうよ。赤ワインとか飲んで」

「ハハッ、自宅の前でピクニックか。いいねえ」

早く到着してしまったのかもしれないが、彼女には鍵の隠し場所を教えてある。だいたい、知世ならこんなふうにガンガン音をたててノックしない。

寝ぼけまなこをこすりながら玄関に向かった。おそらく宅配便だろうと思った。インターネットで本を注文したことを思いだした。

ところが……。

扉を開けると、そこに立っていたのはふたりの男だった。

長兄と次兄である。

「なっ、なんだい？」

三樹彦は顔をひきつらせて後退った。

「なんだいじゃねえだろう、この野郎。電話もメールもガン無視しやがって。ここだって、探偵雇ってようやく見つけたんだからな」

「まあまあ……」

いきなり喧嘩腰の次兄を、長兄がなだめる。

「今日は揉めるために来たんじゃない。三樹彦、ちょっとあがらせてもらっていいかな」

「べつに……いいけど……」

三樹彦は渋々ふたりの兄を部屋にあげた。

「座布団なしで床に座るのか？　それにしてもなんだよこの狭苦しい部屋は。もうちよっとマシなところに住めないもんかねえ」

「おまえは少し黙ってろ」

長兄が次兄を睨みつける。

「でもよ、兄ちゃん……」

「あのさ！」

三樹彦は次兄を遮って言った。

「喧嘩するなら帰ってもらえるかな。もううんざりなんだ、そういうの」

長兄と次兄は眼を見合わせ、下を向いた。あぐらをかいた両膝をつかんで、唸っている。長兄は母親似で次兄は父親似の顔をしているのに、仕草がそっくりだった。さすが兄弟だ。

「そうだな。たしかにうんざりだよ……」

長兄が溜息まじりに言った。

「親父が死んだあとのゴタゴタじゃ、おまえに相当嫌な思いをさせたこと、申し訳なく思ってる」

「……悪かったよ」

次兄も下を向いたまま小声で言った。

「そんなこと言うために、わざわざこんなところまで来たのかい？　もう済んだことじゃないか」

「いいや、まだ済んじゃいない……」

長兄が静かに首を横に振った。

「俺たちがいがみあって、おまえはそれに嫌気が差して会社を辞めてこんなボロアパートに……兄弟バラバラだ。死んだ親父だってこのままじゃ浮かばれないよ」

「帰ってこい、三樹彦」

次兄が顔をあげて言った。

「東京に戻って、会社にも復帰するんだ」

「俺たちはようやく気づいたんだ」

長兄があとを引き継ぐ。

「おまえがいないと、なにもかもうまくいかない。やっぱり三兄弟なんだな。ひとりが抜けると、バランスがおかしくなる。遺産で揉めたことは謝るし、二度と諍いは起こさない。だから、頼む……東京に……会社に戻ってきてくれ」

長兄が頭をさげると、次兄もそれに倣《なら》った。

「そ、そう言われても……」

三樹彦は複雑な心境だった。兄弟間の諍いがなくなるなら、それに越したことはない。プライドの高いふたりの兄が、末弟の自分に頭をさげるなんてよくよくのことだろうと想像もつく。

三樹彦には長兄のような貫禄もなければ、次兄のように頭がキレるわけでもなかった。しかし、三兄弟の中では緩衝材的な立場にあったから、自分がいなくなったらいったいどうなってしまうのだろうと心配していた。きっと、遺産相続以外でもいちいちぶつかっているに違いない。普通の兄弟ならそれでもなんとか関係が保てるかもしれないが、同じ会社の社長と営業部長なのである。いや、そう遠くない将来に、次兄は副社長に収まるだろう。

しかし、だからといってふたつ返事で東京には戻れない。ここでの生活を簡単に捨てられない理由が、三樹彦にはあった。

「喧嘩をしないのはいいことだと思うけど、僕はここでの暮らしがけっこう気に入っててさ。なんにもないところだけど、僕にとっては癒やしの土地みたいなものなんだ。こっちに来て、自分は都会暮らしに合っていなかったんだなって、つくづく思った。兄ちゃんたちはさ、ネオン街とか派手な場所が好きじゃない？　僕は賑やかなのが苦手なんだよ……」

嘘は言っていなかった。しかしそれが、どうしてもH市から離れられないいちばんの理由ではなかった。

知世と別れたくなかった。付き合いだしてまだ、ひと月あまり。せっかく順調に交際が進んでいるのに、ここで波風を立てたくない。むしろ、いまの生活をいまの生活のまま、確かなものにしていきたい。

「賑やかなのが苦手なら、郊外にでも住めばいいだろう？　通勤圏にいくらでもあるじゃねえか。俺だって静かで緑豊かな住環境が嫌いじゃないぜ。でも、ここは会社から遠すぎる」

次兄が唇を尖らせて言い、

「まあいいよ……」

長兄は長い溜息をついた。

「とにかく考えておいてくれ。俺たちの決意は変わらない。どうしても、おまえに戻ってきてほしい。必要なら、マンションでもなんでも用意してやるから」

立ちあがって玄関に向かった。靴を履き、外に出ていく。

次兄も立ちあがると、

「おまえ、こっちでコレできたか？」

小指を立ててささやいてきた。

三樹彦はドキドキしながら首を横に振った。

「やっぱりな……でも、おまえももう三十なんだから結婚とかのことも考えろよ。兄ちゃんは二十四で所帯をもったし、俺だって二十七で身を固めた。東京に戻ってきたら、いいの見繕って合コンしてやるから。女だけは絶対に田舎より都会のほうが綺麗だぞ……なんも心配しないで戻ってこい」

次兄は三樹彦の肩をひとつ叩いてから、部屋を出ていった。

2

九月に入ってから、三樹彦と知世は遅い夏休みをとることになった。

土日も含めて五連休。かねてからふたりは、旅行に行く計画を立てていた。鎌田社長が絶対に姿を現さないであろう、東北か北陸の温泉街を巡る旅だ。

しかし、直前になって知世の実家から悪い知らせが届いた。母親が倒れたらしい。

「三日で退院したっていうから、たいしたことないんでしょうけど、やっぱり高齢だから心配で……」

「そりゃ心配だよ。絶対に帰ったほうがいい」

「実はわたし、夫を亡くしてから二年間、北海道に帰ってないの。あちこち転々としてて……」

「だったらなおさら帰らないと。顔見せて安心させてあげなよ。温泉巡りなんていつでもできるしさ」

「ごめんなさいね。わたしもすごく楽しみにしてたんだけど……」

温泉巡りは中止になったが、そのかわりに、三樹彦は知世を羽田まで送っていくことにした。ついでに都内で一泊。たったの一日とはいえ、帰省を遅らせるのは気が引けたが、三樹彦にも譲れない事情があった。

プロポーズをしたかったのだ。

そこまで大げさでなくても、一緒に旅行する機会があれば、真剣に結婚まで考えていることを伝えようと思っていた。決していい加減な気持ちで付き合っているのではないと知ってほしかった。

知世には自分が未亡人であることを気にしているところがあった。常にそうではないのだが、たとえば酒を飲んで盛りあがっているとき、ふっと横顔に暗い影が差すことがある。そういうときは、決まってこうつぶやいた。

「わたし、未亡人だから……」

未亡人だからなんなのか、訊ねなくてもわかった。人生を楽しむことに、気後れしてしまっているのだ。

そういうところは、舞香とまったく正反対だった。舞香は亡くなった夫のぶんまで楽しく生きようとしていた。間違っていない、と三樹彦は思った。

もちろん、知世にしてもそういうところがないわけではないのだが、はしゃぎすぎてしまったときに、夫の顔が頭をかすめるのだろう。自分だけ楽しい思いをして亡夫に悪い、という想念が脳裏を横切っていくのだ。

それを解消することは、三樹彦にはできない。人の心はそれぞれだから、誰もが舞香のように強く生きられるわけではない。いや、舞香にしたって、ひとりで涙を流していたことがあったかもしれない。それをどうにかしてやることは、他人にはできないのである。

だが、一緒にいることはできる。寄り添って新たに楽しい時間を積みあげていくことは、決して不可能ではない。

それを知世に伝えたかった。残りの人生、自分と一緒にいてほしいと、強くアピールしたかった。格好よく伝える自信はなかったし、知世の反応だって想像がつかない。

それでも伝えなければならない。おそらく、舞香に突然いなくなられたことがトラウマになっている。一緒にいることができるうちに正直な気持ちを伝えておかないと、後から死ぬほど後悔することになる。

「ごめんなさい。わたしちょっと、気持ち悪くなってきちゃった……」

知世が青ざめた顔で言った。人の多さに酔ったのだろう。有楽町駅は電車を降りるとホームも階段も人の洪水だった。通勤時間でもないのに、電車の中も超満員というツキのなさだ。H市から急行で東京駅へ、そこから山手線に乗り換えた。

「ちょっとそこで休もう」

改札を出てすぐのところにあるカフェに入り、コーヒーを頼んだ。その店内も満員で、なかなか気分が落ち着かなかった。

「わたし田舎者だから、こういうのダメなの。はっきり言って、東京は苦手。来たのだって、修学旅行入れて三回だけ」

実際、彼女は新幹線で北海道に帰省しようとしていたのだ。そこをなんとか、東京で一泊してほしいと懇願し、羽田から飛行機を使ってもらうことにしたのである。

「気持ちはわかります。僕も人酔いしてますから……」

東京で生まれ育ったとはいえ、一年ぶりに三樹彦はこの大都会に戻ってきた。一年間、H市の長閑《のどか》な景色の中、人の洪水とは縁のない日々を過ごしてゆるみきっていた心身が、急に萎縮させられた。

「東京、嫌いですか？」

うんうん、と知世はうなずく。

「わたしはなんにもないところが好き。東京みたいにビルがびっしり建って、数えきれないくらい人がいると、自分の存在感が薄まる気がする。なんにもないところだと、逆に強まるっていうか……」

「北海道とか？」

「わたしの育った札幌は、けっこう都会だったから……」

「じゃあ、H市？」

「そうね」

眼を見合わせて笑った。知世が顔色を取り戻してきたので、三樹彦は少し安心した。とはいえ、他ならぬ我が故郷を愛する女に嫌われたままなのはせつない。三樹彦にしてもH市のほうがずっと暮らしやすいと思っているが、東京にだって少しはいいところがある。それを知世に知ってほしい。

「うわっ、すごい」

エレベーターホールを抜けてロビーに出ると、知世は両手を合わせて声をあげた。銀座のはずれにある、外資系の高層ホテルだった。ロビーが吹き抜けになっていて、全面ガラス張りの向こうに、東京の夜景が見下ろせる。薄紫色のトワイライトゾーン。夜が深まるほどに東京の夜景はまばゆくなっていく。

何軒かレストランが入っているが、中華にエスコートした。びっくりするほど料金が高いが、こういう特別な日なら贅沢も許されるだろう。父のお気に入りの店だった。高校や大学を卒業したときなど、節目に連れてきてもらったいい思い出がある。席に着くと、父がどこかから見ている気がした。力になってほしいと思った。あなたの三男坊は、これから一世一代の舞台に立ちます。

高い値段をとるだけあり、料理は前菜からデザートまで完璧で、知世は食べるたびに眼を丸くしていた。酒もまわって、よくしゃべった。それでも、はっきり言って、今日の彼女は元気がなかった。H市から東京までの長い電車移動、苦手な人の洪水に酔ってしまった——それだけが理由ではない。

明日になれば彼女は、生まれ故郷に帰る機上の人となる。病に伏している母親のことも心配だろうが、この二年間帰省しなかったのは、帰れば亡夫のことを思いだしてしまうからに違いない。彼の地にはきっと、亡夫との楽しい思い出がいっぱいつまっている。しかし彼はもう、この世にいない……。

元気がなくて当たり前だった。

できることなら、これから自分が口にする言葉が、元気を取り戻す助けになってくれればいいが……。

「結婚してください！」

よほど驚いたのだろう、知世は飲んでいた食後のジャスミンティーを吹きだしそうになった。

「いますぐじゃなくてもいいです。でも……でも僕は、知世さんとずっと……ずっと一緒にいたい……」

ジャケットのポケットに入れた手が震える。指輪ケースを取りだし、知世に向けてパカッと開く。一カラットのダイヤの指輪が収まっている。

先ほど、知世がデパートで買い物をしている間、ひとりで買い求めてきたものだった。父親の遺産から、費用は捻出した。

知世は唖然とした顔をしている。声も出ない様子だ。三樹彦もそれ以上、なにも言わなかった。給仕がジャスミンティーのポットを差し替えにきた。三樹彦は一瞥《いちべつ》もせず、まっすぐに知世を見ていた。

知世は下を向いている。やがて、一カラットのダイヤモンドよりも光り輝く涙が頬を伝い、

「ありがとう」

とだけ小さく言った。

3

その日はそのまま、高層ホテルに泊まることになっていた。あらかじめ知世に伝えると「もったいない」と反対されそうだったので、内緒で予約した。

散財に次ぐ散財だが、かまいやしなかった。知世が指輪を受けとってくれたので、三樹彦は完全に舞いあがっていた。お祝いにルームサービスで馬鹿高いシャンパンを頼んでもいいとさえ思った。

そうしなかったのは、部屋に入るなり知世が抱きついてきたからだった。四十二階の部屋だったので、カーテンを開ければロビーと同じ煌《きら》びやかな夜景が独占できるの

に、見向きもせずに唇を重ねてきた。

「ぅんんっ……ぅんんっ……」

いきなり舌を差しだし、情熱的にからめてきた。両手で三樹彦の頬を挟み、むさぼるようなキスをした。その左手の薬指には、ダイヤの指輪が光っていた。裸になってもこの指輪だけは指に残っている——光景を想像した瞬間、三樹彦は痛いくらいに勃起した。

早速、脱がしにかかった。仕事ではスーツ系のスタイルが多くなった知世だが、休暇中なので濃紺のシックなワンピースを着ていた。襟だけが白くて可愛い。背中のホックをはずし、ファスナーをさげていく。ワンピースを床に落とすと、清楚な水色の下着が姿を現した。レースや刺繍をふんだんに使い、水色の中にキラキラした銀が散りばめられている。

もちろん、下着は清楚でも、それが飾っているボディはとびきりのグラマーだ。おまけに、夏場にもかかわらず肌色のストッキングを着けている。きちんとした大人の女というわけだが、水色のパンティを透かしているストッキングは、三十四歳の未亡人をたまらなくいやらしい姿にする。

知世もそれがわかっているから、ストッキングを自分で脱ごうとした。いっそ上下の下着だけになったほうが恥ずかしくないのだ。パンティストッキングはどう見ても女の楽屋裏感が漂って、男に見せたくないのである。

だが、男という生き物は、女が隠そうとするものにこそ興奮する。三樹彦は知世を制して、パンスト姿のままベッドにうながした。糊のきいた白いシーツの上に横たわった知世の左手の薬指には、ダイヤが光り輝いていた。パンストとダイヤの組み合わせも、生唾があふれるくらいいやらしかった。

三樹彦も服を脱ぎ、ブリーフ一枚でベッドにあがった。横から知世の肩を抱き、口づけをする。舌と舌を情熱的にからめあわせつつも、視線は知世の下半身に向かっていく。肌色の極薄ナイロンにぴったりと包みこまれ、逞しい太腿がいつも以上にセクシーに見える。パンストは、蜜蜂のようにくびれた腰まで包んでいる。キスをしているだけで、知世の腰はくねりだし、刺激を求めているのが隠しきれない。

最初のベッドインから、彼女はずいぶんと変わった。

ベッドというか布団だったが、梅雨時の古宿でした初めてのセックスのとき、三樹彦にクンニで潮を吹かされて号泣した。後から聞いた話によれば、彼女の体はそれほど開発されていなかったのだ。

亡夫はひとまわりも年上のうえ病気がちで、六年間の結婚生活の後半は、ほとんどセックスレスだったという。独身時代もモテてはいたが、教師という聖職を目指し、実際にその職に就いたこともあって、軽い誘いには絶対に乗らなかったらしい。

「三樹彦くんだけなんだから、自分からこんなに積極的に接近したの」

そう言われると悪い気はしなかったが、本当かどうかはわからない。ただ、性感が発展途上だったのは本当で、三樹彦が毎晩のように抱いて開発した。最初は反応が薄く、潮吹きで泣きだしてしまった彼女も、次第に女の悦びに目覚めていった。セックスの虜《とりこ》になった、と言ってもいい。

彼女の気持ちはよくわかった。三樹彦自身、覚えたてのセックスの虜になり、夢中になって快楽を追求していた時期があるからだ。三十歳まで童貞だった三樹彦も遅咲きの狂い咲きだったが、知世も似たようなものだった。違いがあるとすれば、夜の営みが激しく淫らになっていくほどに、昼の彼女は見た目も振る舞いも淑やかになっていったことだ。

「あああっ！」

股間を縦に割るパンストのセンターシームを指でなぞると、知世は喜悦の悲鳴を放った。もう恥ずかしがって声をこらえたりしなかった。三樹彦は右手の中指で、センターシームを繰り返しなぞりたてた。

こんもりと盛りあがった小丘の形がいやらしかった。モリマンというやつに違いなかった。その下にまで指を伸ばせば、二枚も下着を着けているにもかかわらず、じっとりと湿った熱気が漂ってくる。なぞるだけでなくクニクニと押せば、ざらついたナイロンの向こうから柔らかな花びらの感触が伝わってくる。

三樹彦は体を起こし、知世の両脚の間に移動した。まだブラジャーをはずしていなかったが、パンストに包まれた下半身が気になってしようがない。

両脚をM字に割りひろげると、

「いやっ……」

知世は両手で顔を覆った。声をこらえなくなったからといって、彼女は羞じらいを忘れたわけではなかった。とくにいまは、イレギュラーなパンスト姿なのだ。M字開脚にされるのは、さぞや恥ずかしいだろう。

もちろん、女が恥ずかしがれば男は燃える。三樹彦は彼女の股間に顔を近づけていき、まずはじっくりと匂いを嗅いだ。彼女は匂いが強かった。磯の香りとチーズ系の発酵臭が混じりあったフェロモンは、決していい匂いとは言えない。だが、嗅ぐほどに本能を揺さぶられる。むらむらと欲望がこみあげてくる。

「んんんっ！」

鼻の頭でセンターシームをなぞってやると、知世は身をよじった。顔を覆った両手の下で、ハアハアと息をはずませている。三樹彦は執拗に、鼻の頭で愛撫を続けた。顔の中心で小丘のこんもり具合を味わうのは興奮した。柔らかいところに押しつけると、じんわりした湿り気を感じた。

すでにずいぶんと濡らしているようだった。匂いも強まる一方で、女体の発情が生々しく伝わってくる。

ビリッ、とストッキングを破った。知世は驚いて顔から両手を離したが、その眼は淫らなほどに潤んでいた。三樹彦はストッキングの股間に穴を空けると、パンティのフロント部分に指をかけた。

「ああっ、いやっ……」

股間を剝きだしにされ、知世は羞じらいに身をよじる。彼女の花は、予想通りに濡れていた。アーモンドピンクの花びらがテラテラと濡れ光り、そのまわりに生えた短い毛も、蜜を浴びてしんなりしている。

いやらしい光景だった。

だが、これからもっといやらしくなる。

三樹彦は花びらの両サイドに親指と人差し指を添えると、輪ゴムをひろげるようにくつろげていった。つやつやと濡れ光る薄桃色の肉層は、まるで薔薇《ばら》の蕾《つぼみ》のようだった。幾重にも重なった肉ひだが渦を巻いて、熱く息づいていた。もちろん、新鮮な蜜をたっぷりとしたたらせながら……。

ねろりと舐めあげると、

「あううっ！」

知世は眉根を寄せて悲鳴をあげた。その体にはまだ水色のブラジャーやパンティ、そして股間の破れたストッキングが残っている。さらに、左手の薬指にはダイヤの指輪。幸福の象徴のような光を放っているのに、それをつけた三十四歳の未亡人はどこまでも淫らな獣の牝に変貌していく。

「あああっ……はぁあああっ……はぁああああーっ！」

薄桃色の肉層を舐めまわすほどに、彼女の声は甲高くなっていった。身をよじり、体中をぶるぶると震わせて、クンニリングスに溺れていく。

宙に浮いた足指は、二重のナイロンに包まれていた。それがぎゅっと丸まる姿が、いやらしすぎて三樹彦を熱狂に駆りたてる。噛みしめているのだ。足指をぎゅっと丸めて、股間を刺激されている快感を……。

あることに気づいた。

せっかく大枚をはたいて高層ホテルに泊まっているのに、これではボロアパートの一室で愛しあっているのとあまり変わらない。

ベッド際のカーテンを開けた。眼下にはまさに、宝石箱をひっくり返したような豪勢な夜景がひろがっていた。H市にいては、絶対に見ることができない光景だった。昼間は人の洪水に辟易《へきえき》してしまったが、こうしてみるとやはり、世界に冠たる大都会である。隙間なくびっしりと立ち並んだビルが賑々しく光を放ち、それが彼方まで続いている。

「立って」

三樹彦は知世の手を取って立ちあがった。窓ガラスに両手をつかせ、尻を突きださせた。

「見られないかしら……」

知世が怯えた顔で言う。

「見られたっていいじゃないか」

三樹彦は即座に返した。室内は薄暗い間接照明だったので見られる可能性は低かったが、見られてもいいというのは嘘偽りのない本音だった。見られたところで、後ろめたいことはなにもない。むしろ、見せつけてやりたい。愛する女と濃厚なセックスをしている姿を、東京中の人間に……。

立ちバックの体勢で尻を突きだしている知世の後ろに、三樹彦はしゃがみこんだ。挿入には、まだ早かった。バストに負けず劣らず迫力のある巨尻に、指を食いこませた。双丘を鷲づかみにして、桃割れをぐいっとひろげていく。

セピア色をした可愛いすぼまりが、まず眼に入った。尻の穴まで可愛いなんてずるい、といつも思う。だが、アヌスはまだ開発していないから、狙いはその下に咲いている女の花だ。

漏らしすぎた蜜が陰毛にべっとりと付着し、アーモンドピンクの花びらにからみついて、見るも淫靡な姿になっていた。グロテスクさが、いやらしさだった。知世の顔は綺麗だし、最近では淑女のような振る舞いが完全に様になっている。グラマーなスタイルだって素晴らしく、写真に撮って残したいほど美しい。

なのに、桃割れの奥にひそむ花だけが、身震いを誘うほど卑猥なのだ。エロティックであり、獣じみてもいる。とても淑女の体の一部とは思えない。タラタラと涎《よだれ》じみた蜜まで垂らして……。

「あううっ！」

舌を這わせると、知世は声をあげて身をよじった。ベッドの上に立っているから、足元が不安定だった。喜悦に身をよじり、膝をガクガクと震わせると、いまにも崩れ落ちそうになる。

だが、それもまた一興だった。ぐらぐらと揺れる女体の尻をがっちりつかんで支えながら、三樹彦は桃割れに鼻面を突っこんで花びらを舐めまわした。顔面が尻肉に埋まりこみ、呼吸をするのもままならなかったが、たまらなく興奮した。

4

「もっ、もうダメッ……」

しばらくの間、夜景に向かってあえいでいた知世だったが、いよいよ立っていられなくなったらしい。ガクッと膝を折ってベッドに座りこんだ。三樹彦はまだ、舐め足りなかった。と同時に、ブリーフの中のペニスが悲鳴をあげていた。刺激が欲しくてたまらなくなっていた。

となると、次はシックスナインというわけだが、それもいつもとはちょっと違うやり方に挑戦してみたい。今日は特別な日なのだ。知世がプロポーズを受け入れてくれた記念日なのだ。

ハアハアと息をはずませている知世をあお向けに横たえると、三樹彦は身を翻して彼女の上にまたがった。男性上位のシックスナインである。いままでしたことがなかったが、思いきってチャレンジしてみた。

四つん這いになっているので、尻の穴がスースーした。かなり恥ずかしい。それでも、女性上位のシックスナインよりクンニがしやすそうではある。

両脚をM字に割りひろげた。彼女はまだ、股間が破れたストッキングと、水色のパンティを着けたままだった。パンティのフロント部分を、あたらめて片側に掻き寄せた。

正面からのクンニとは向きが逆で、手前にクリトリスがある。バッククンニではなかなか舐めづらかったが、これなら舐め放題だ。早速舌を差しだした。ざらついた舌腹ではなく、裏側のつるつるした部分を使って刺激した。

「あああああーっ！」

知世が声をあげる。次の瞬間、ぱっくりとペニスを口唇に含んだ。遅咲きの狂い咲きである彼女だが、どういうわけかフェラチオだけは最初からひどく情熱的だった。とにかく吸引力が強すぎるバキュームフェラが持ち味だ。

「おおおっ……」

思いきり吸いたてられ、三樹彦は声をもらした。負けじと舌裏でクリトリスを舐め転がす。いやらしい匂いのする蜜をこんこんと漏らしている肉穴にも、指を差しこんでいく。

「ぅんぐっ！　ぅんぐっ！」

知世は鼻奥で悶えながら、それでも必死にペニスをしゃぶってくる。だが、Gスポットとクリトリスの同時攻撃に翻弄され、吸引力は次第に弱まっていった。

強く吸いたてられなくても、生温かい口の中にペニスを沈めているだけで、三樹彦は充分に心地よかった。こちらのクンニに反応し、知世が腰をくねらせまくっているのも小気味いい。

とはいえ、体が自然に動いてしまう。正常位で腰を使うときのように、口唇に向かってピストン運動を……。

「ぅんぐぅうーっ！　ぅんぐぅううーっ！」

知世が鼻奥で悶え泣く。上の口も下の口も責められっぱなしで、悶絶することしかできない。

それでも、感じていないということはないだろう。指で掻き混ぜられている肉穴は、あとからあとから蜜をあふれさせている。キュッキュッと指を食い締めて、興奮を伝えてくる。ペニスで口を塞がれていることで、むしろ感度があがっているのかもしれない。

やがて、防戦一方だった知世が、口内で舌を動かしはじめた。健気な舌使いで、亀頭やカリを舐めてきた。

三樹彦も応戦する。レロレロ、レロレロ、とクリトリスを舐め転がしながら、ぐっ、ぐっ、ぐっ、とGスポットを押しあげる。小丘を挟んで外側からと内側から、女の急所を刺激し抜いてやる。

「ああっ、ダメッ！　ダメですっ！　そっ、そんなにしたらっ……出ちゃうっ！　漏らしちゃうよっ！」

知世が叫びながら尻を叩いてきた。

三樹彦も潮吹きの手応えを感じていたが、愛撫を中止した。潮を吹かせると、羞じらい深い彼女はしばらく落ちこんでしまうからだ。最初のときのように号泣まではしなくても、胎児のように体を丸めて五分くらいは口をきいてくれない。

三樹彦は女体の上からおりた。

口唇にピストン運動を送りこまれていた知世の顔は真っ赤だった。ストレートの長い黒髪はざんばらに乱れていた。

たまらなくいやらしかった。髪を掻きあげながら、恨みがましい眼で睨んできた。瞳が潤みきって、いまにも眼の焦点を失ってしまいそうだ。

「きて……」

三樹彦はあぐらをかくと、その上に知世を呼び寄せた。彼女は一瞬、ためらった。舞香がバックスタイルに弱かったように、知世は対面座位がいちばんイキやすい。キラー体位というわけだ。

「そのままでいい。脱がなくて」

知世は水色の下着と股間の破れたストッキングを着けたまま、おずおずとまたがってきた。みずからパンティのフロント部分を片側に掻き寄せる仕草が、たまらなくそそった。真っ赤に染まった顔を羞じらいに伏せつつも、欲情は隠しきれなかった。乳首はツンと尖りきり、黒い草むらは大量の蜜を浴びてなお、いやらしいくらいに逆立っている。

知世がそそり勃《た》ったペニスに手を添え、みずからの股間にあてがっていく。逞しい太腿が小刻みに震えている。腰を落としてくる。熱く濡れた肉穴に、ずっぽりと亀頭が咥えこまれる。

「んんんっ……」

恥ずかしげに顔を伏せた知世は、長い睫毛を震わせながら結合を深めていった。身をすくめ、最後まで腰を落としきると、まだブラジャーに包まれているのに、豊満すぎる乳房が大きく揺れた。

三樹彦は知世の背中に手をまわし、ホックをはずした。たわわに実った双乳は、ひどく汗ばんでいた。片手ではとてもつかみきれない隆起に指を食いこませると、指が汗ですべった。対面座位のいいところは、乳房がちょうど顔の位置にくるところだった。物欲しげに尖りきっている乳首も、口に含んでしゃぶってやる。

「あああっ……」

知世が腰を使いはじめる。最初は遠慮がちでも、すぐに夢中になっていく。なにしろ対面座位は、彼女にとってキラー体位なのだ。

「ああっ、いやっ……いやいやっ……」

羞じらい深く首を振りつつも、腰の動きはいやらしくなっていくばかり。蜜だって大量に漏らしている。ずちゅっ、ぐちゅっ、と卑猥な肉ずれ音がたちはじめる。

「くぅううーっ！」

のけぞって胸を突きだしてきた。三樹彦は胸の谷間に顔をうずめた。すごい圧迫感だった。呼吸もままならなくなったが、顔中が汗でヌルヌルして気持ちよかった。喜んでそれを舐めまわした。そうしつつ双乳を寄せ、さらに強く顔を挟んだ。乳首もコチョコチョくすぐりまわし、つまんでやる。

「ああっ、いやっ……ああっ、いやっ……」

知世の腰使いが熱を帯びてくる。股間をしゃくるように、フルピッチでリズムを刻む。三樹彦はタイミングを見計らい、両手を知世の尻に伸ばした。巨乳の彼女は、巨尻でもあった。乳房より弾力に富んだ尻肉を。力の限り揉みくちゃにした。かなり強く揉んだところで、ビクともしない。

だが、引き寄せると、反応が変わる。知世が腰を振るリズムに合わせ、いや、それよりやや速いスピードで引き寄せれば、ひいひいと喉を絞ってよがり泣く。

「ダメッダメッ！　ダメえええーっ！」

限界まで眉根を寄せた、切羽つまった顔で見つめてくる。

「イッちゃうっ……もうイッちゃうっ……」

三樹彦がうなずくと、知世は唇を重ねてきた。唾液にまみれた舌で、三樹彦の口内を滅茶苦茶に搔きまわした。三樹彦も応戦する。熱い吐息をぶつけあい、唾液と唾液を交換する。

「ああああっ、いやあああっ……イッちゃう……もうイクッ……イクイクイクッッ

「……はぁあああああーっ！」

ガクンッ、ガクンッ、と腰を震わせ、知世は絶頂に達した。しばらくの間、グラマラスなボディをいやらしく痙攣させていたが、やがて真っ赤に茹だった顔を隠すように、三樹彦の首根っこにしがみついてきた。

5

性器を繋げたまま、知世の体をあお向けに倒した。正常位になったわけだが、三樹彦は腰を動かさずにじっとしていた。知世を休ませるためだ。

「……また、先にイカされちゃった」

知世が横顔を向けてつぶやく。

「なんだか悔しい。いつも、いつも……」

年上なのに、と彼女は言いたいようだったが、セックスに年齢は関係ない。男は女をよがらせることが仕事なのだ。女が燃えれば、男も燃える。そういう関係なのだからしかたがない。

三樹彦は知世の唇に唇を重ねた。絶頂をねぎらうように、チュッ、チュッ、と音をたてて軽くしたのだが、やがてお互いにねっとりと舌をからめあいはじめた。

「続き、してもいい？」

コクン、と知世はうなずいた。疑問形で訊ねながらも、三樹彦には最初から答えがわかっていた。一回イッたくらいでグロッキー状態になるほど、彼女は軟弱な女ではなかった。そのグラマラスなボディには、無尽蔵な欲望が眠っている。一回イッたことで、むしろイキやすくなる。キラー体位でなくても、必死になって女の悦びをむさぼろうとする。

三樹彦は上体を起こした。知世の両膝をつかみ、両脚をきわどいM字に割りひろげていく。その中心には、勃起しきったペニスがずっぽりと埋まっている。少し抜くと、蜜を浴びすぎた肉棒がヌラヌラした光沢を放った。よく見れば、白濁した本気汁までからみついている。

もう一度入っていく。一度イッたことで蜜壺はよく濡れて、吸着力も増しているような気がする。

「あああっ……」

知世が両手を伸ばしてきた。抱きしめてほしい、というより、あられもない格好をそんなに見ないで、という感じだった。三樹彦が上体を被せて抱きしめれば、当然、見られなくなる。

童貞喪失のときは、舞香にまんまとその手を食らってしまったが、これほどの眼福《がんぷく》を、そう簡単に手放す気にはなれなかった。抱きしめるかわりに、両手の指を交差させた。いわゆる恋人繋ぎをして、抜き差しを開始する。

「あああっ……」

ずんっ、ずんっ、とリズムを送りこまれれば、知世だって羞じらってばかりいることはできない。リズムに合わせて、身をよじりはじめる。豊満で柔らかな乳房が、皿に盛られたプリンのように揺れる。先端ではあずき色の乳首が鋭く尖りきり、愛撫をねだってさらに尖ろうとしている。

両手を繋いでいるので、乳首に触ってやれないのが残念だった。眼福をキープするため、苦しまぎれにやったことだったが、右手に感じる金属の感触が、気になってしようがなかった。

もちろん、ダイヤの指輪である。乳房は剝きだし、下半身に至っては裸でいるより淫らな格好でペニスを抜き差しされているのに、そこにはたしかに幸せの象徴があるのだった。

くさくて口にはできないが、永遠の愛の誓い、と言ってもいい。永遠に、知世はこんな姿を見せてくれるのだ。幸福な花嫁になるかわりに、恥ずかしすぎるM字開脚で三樹彦のペニスを咥えこんでくれるのだ。

「あああっ……ああああっ……はぁああああっ……」

ピッチをあげていくと、知世は息をはずませ、喜悦に歪んだ声をもらした。眉根を寄せても、眼は閉じなかった。ぎりぎりまで細めて、こちらを見ていた。どこか不安げでありながら、欲情を隠しきれないその表情は、M字開脚そのものよりもずっとエロくて、思わず見とれてしまう。

視線をからめあえば、さらにピッチがあがっていく。ずんずんっ、ずんずんっ、と勢いをつけて奥を突きあげる。知世はひどく濡らしている。シーツにはきっと、大きなシミができているに違いない。

「あぁううーっ！　はぁあうううーっ！」

知世のあえぎ声も淫らな色彩が濃くなってくる。肩をすくめ、豊満すぎる乳房を揺らす。しきりに身をよじっては、ガクガクと腰まで震わせはじめる。

眼福を手放す時が訪れたようだった。ふたりは手を繋ぎ、性器も繋げているが、知世がひとりでよがっているように見えた。淋しそうで可哀相だった。恋人繋ぎをといて、上体を被せていった。

熱く火照《ほて》って汗ばんだ体を抱きしめると、淋しかったのは自分のほうだったことに気づいた。右腕を彼女の肩にまわしながら、顔を近づけていった。キスがしたかった。知世も同じことを考えていたようで、唇を重ねる前に舌を差しだしてきた。

人には絶対見せられない、いやらしい表情だった。三樹彦は差しだされた舌をしゃぶりまわした。チューッと音をたてて強く吸いたてた。知世はうぐうぐと鼻奥で悶えながらも、眼つきを蕩《とろ》けさせている。両手を三樹彦の背中にまわし、両脚まで腰に巻きつけて、密着できる限界まで密着してくる。

「ああっ、いいっ！　もっとしてっ！　もっと突いてっ！」

知世がそんな台詞《せりふ》を口走るのは珍しいことだった。しかも眼を見て言ってきたので、三樹彦は奮い立った。呼吸も忘れて怒濤の連打を叩きこんだ。

激しく腰を振ったので、腰に巻きついていた知世の両脚は離れてしまったが、一体感は倍増した。ふたりがまるでひとつの生き物になってしまったような感じがした。錯覚にしては、生々しい実感があった。

リズムを共有しているからだった。リズムが生みだす快感が、ふたりをかたく結びつけていることは間違いなかった。

リズムは複雑で、一方的なものではなかった。三樹彦が連打を放てば、知世は身をよじってそれを受けとめる。下から腰を動かし、性器と性器の摩擦を強める。連打をとめると、腰をグラインドさせながら股間を押しつけてくる。蜜まみれの肉穴の中でペニスを揉みくちゃにされれば、息が切れていても三樹彦もまた動きだすしかない。激しく突きあげる。知世は喜悦の叫びを放って、背中を弓なりに反り返す。

「ああああっ……すごいっ！　すごい気持ちいいっ！　こんなの初めてっ！　こんなに気持ちいいの、わたし初めてっ！」

三樹彦をしっかりと見つめながら、唾液にまみれた唇を震わせる。知世の顔はもう真っ赤で、耳や首筋や胸元まで同じ色に染まり、胸の谷間には淫らな汗の粒が数えきれないほど浮かんでいる。

熱狂が訪れた。

三樹彦は頭の中を真っ白にして、ただひたすらに腰を使った。次になにをしようと考えなくとも、体が勝手にピッチに緩急をつけたり、突きあげる角度を変えたりしていた。

知世もきっと、なにも考えていなかっただろう。肉の悦びを謳歌《おうか》すること以外、すべてはどうでもいいことだと思っていたはずだ。

だがそれは、動物的なセックスという意味ではない。気持ちがよければ、相手は誰だっていいというわけではない。

紅潮した顔をくしゃくしゃにしながらも、部屋中に響くほどいやらしい悲鳴をあげながらも、露骨な台詞を口走ったときだって、知世は決して眼を閉じなかった。ずっと三樹彦を見つめていた。愛が伝わってきた。愛されている実感があった。

もちろん、三樹彦だって眼を閉じなかった。眼に涙が入っても、知世を見つめつづけていた。愛していると伝えたかった。百万回叫ぶよりも、雄々しく猛り勃ったペニスで連打を送りこむほうが、伝わる気がした。

こんないやらしい行為の中で、愛のやりとりをしていることが不思議でならなかった。しかし、いやらしくなければペニスが勃たない。女だってたぶん濡れない。眼を開けたまま半狂乱でよがり泣いている知世は、この世のものとは思えないほどエロティックだった。だからこそ愛《いと》おしい。愛おしくてたまらない……。

「ダッ、ダメッ！　もうダメッ！」

知世が髪を振り乱して首を振った。

「もう我慢できないっ！　イッちゃうっ！　またイッちゃうっ！　イッちゃう、イッちゃう、イッちゃうっ……イッ、イクウウウウーッ」

三樹彦にしがみついた腕に力を込め、背中を爪で掻き毟《むし》ってきた。ミミズ腫れになりそうな強さだったが、痛くはなかった。むしろ、気持ちよかった。背中の刺激が、ペニスをさらに硬くした。

「こっ、こっちもっ……こっちも出るっ……」

知世がうなずく。イッている最中なのに、必死になってコクコクと顎を引く。

「だっ、出してっ！　いっぱい出してっ……」

「おおおっ……でっ、出るっ……もう出るっ……おおおおっ……うおおおおーっ！」

三樹彦は雄叫びをあげて最後の一打を突きあげると、ペニスを抜いた。避妊具をつけていなかったので、中で出すわけにはいかなかった。

次の瞬間、知世が体を起こしたのでびっくりした。そこに出そうと思っていた、彼女の腹部が突然なくなった。四つん這いになって、自分の漏らした蜜でネトネトになっているペニスを口唇で咥えこんできた。それにも驚いたが、驚いている場合ではなかった。

知世のフェラは、バキュームフェラだ。吸引力が恐ろしく強い。双頬をべっこりとへこませて、思いきり吸ってきた。射精寸前だったペニスは瞬時に反応し、爆発した。煮えたぎるように熱い粘液を、彼女の口の中にぶちまけた。

「おおおっ……おおおおっ……」

三樹彦は知世の頭をつかんでのけぞった。思わず腰を動かし、美しい顔に向かってピストン運動を送りこんでしまったが、自分の体を制御できなかった。知世に吸われるたびに、ドクンドクンドクンッ、と畳みかけるように射精が訪れ、彼女の中に欲望をそそいでいった。

衝撃的な快感に身をよじりながら、三樹彦は知世の口唇を深々と貫いた。じっとしていることができなかった。最後の一滴まで放出したと思っても、知世はまだ吸ってきた。それから二回も射精してしまった。おそらく精液はほとんど出なかっただろうが、搾りだされる快感に、体の芯に電流じみた衝撃が走り抜けていった。

呼吸を整えている間も、ふたりは体を離さなかった。三樹彦は彼女の肩を抱いていたし、知世は燃えるように熱くなった顔を三樹彦の胸に押しつけていた。

幸せだった。

彼女の左手の薬指に光っているダイヤはたったの一カラットだけど、東京の夜景よりも輝いていると思った。

知世もまた、幸せそうな顔をしていたからだ。

女が燃えれば、男も燃える——セックスを知っていくほど、三樹彦はそれを思い知らされた。そしていま、もうひとつのことを思い知らされている。
女を幸せにすることが、男の幸せなのだ……。

しかし。
知世はその後、三樹彦の前から姿を消した。翌日、北海道に帰省するため機上の人になった彼女は、そのまま帰ってこなかったのである。

エピローグ

本当に訳がわからなかった。

せっかく上京したのだからと、三樹彦は五日間の休暇を東京で過ごした。実家には帰らず、サウナやカプセルホテルに泊まった。久しぶりに顔が見たかった古い友人もいたし、元の会社で仲のよかった者に、いまの会社の内情をこっそり教えてもらいたかったというのもある。

だが、東京に残ったいちばんの理由は、知世を羽田空港に迎えにいきたかったからだ。要するに、一刻も早く彼女に会いたかったのだ。H市まで帰る長い電車の旅も、ふたりでいれば楽しく過ごせる。

しかし、その旨を伝えるメールを何度送っても、レスがなかった。電話をかけても機械的な留守番電話。

しかたなく、羽田空港で待ち伏せることにした。送りに来たときはS航空に乗っていたので、帰りもS航空だろうと思った。新千歳発の飛行機が到着するたびに、到着口をチェックした。最終便まで待っても、知世の姿を見つけることはできなかった。もしかすると、予定を早めてもうH市に帰っているのかもしれないと思った。急いで電車に乗ったが、H市では信じられない事態が待ち受けていた。知世の部屋の荷物がなくなっていたのだ。この五日間の間に、引っ越してしまったらしい。

もう深夜だったが、からっぽの部屋の中で呆然と立ちすくんでいると、大家だという お年寄りが姿を現した。

「あなた伊庭さん？」

「そうですけど……」

「伊庭さんが来たら合鍵を返してもらって、そのかわりにこの手紙を渡してほしいって、和泉さんに頼まれたのだが……」

白い封筒をその場で開けると、眼に飛びこんできたのは以下の一行だった。

――捜さないでください。

意味がわからなすぎて気絶しそうだった。プロポーズを受け入れてくれた知世が、なぜこんなふうに突然いなくならなければならないのか？　事件や事故に巻きこまれて行方不明になっているよりはマシだが、心変わりにも程がある。

翌日会社に出勤すると、鎌田社長から知世の退社を告げられた。電話があり、辞表が送られてきたらしい。もはや案の定という感じだったが、だからといって三樹彦にはとてもこの現実を受けとめきれなかった。


魂が抜けてしまったような状態で、数日を過ごした。食欲はなく、ろくに眠ることもできなかったので、鏡に映る自分の顔が日ごとに幽霊じみていった。

次の土曜日、いてもたってもいられなくなって、北海道に行ってみることにした。知世は札幌出身、つまりそこに実家があるということ以外、なにひとつ情報をもっていなかった。無謀な捜索旅行になることは眼に見えていた。それでも、ただぼんやりすごしていることなんて、とてもできなかった。

キカがどこかに逃げだしたときもショックだったし、舞香がいなくなったときは目の前が真っ暗になった。しかし、知世は彼女や飼い猫とはわけが違う。ダイヤの指輪を贈ってプロポーズし、それを受けてもらった未来の妻なのだ。こんな形で未来がねじ曲げられて、黙っていられるわけがない。別れるなら別れるで、納得のいく理由が知りたい。

最小限の旅支度だけして、アパートの扉を開けた。長兄と次兄が立っていた。ひどく気まずそうな顔をしていたが、そんなことはどうだってよかった。

「ごめん。ちょっと急いでるんだ。わざわざ遠くまで来てもらって申し訳ないけど、話なら今度にして」

振りきって行こうとしたが、

「和泉知世さんなら帰ってこないぞ」

次兄が言ったので驚いて振り返った。

「なんで……彼女のことを知ってるわけ？」

「まあ、ちょっと中で話そう」

長兄にうながされ、訳がわからないまま部屋に戻る。

「この前来たとき、見かけたんだよ」

「知世さんをかい？」

「ああ。こんなさびれた田舎町に、あんまりいい女が歩いてたんでな。ちょっと興味を惹かれたわけさ。べつに後をつけたわけじゃない。電話で呼んだタクシーがなかなか来なかったから、暇つぶしに眼で追っていただけだ。そうしたら、おまえの部屋に入っていくじゃないか。さすがに驚いた。こちとらずっと女っ気がなかったおまえを心配してたのに、陰じゃよろしくやってたんだな、と頭にきたし、安心もした。それにしてもえらい美人だなって、兄ちゃんと言いあって……」

「だが、ちょっと引っかかった……」

長兄が話を引き継ぐ。

「彼女の存在が、おまえをこの町に留めているなら、放っておくことはできなかった。探偵を使っていろいろ調べたが、勘弁してくれ。こっちも必死だったんだ。おまえが帰ってくるかどうかに、社員とその家族の生活がかかってる」

「はっきり言ってさ、おまえと彼女が所帯をもって、東京に引っ越してきてくれればそれがいちばんよかったんだ。だが人にはいろいろ事情がある。彼女はこの町に実家があって、年老いた親の面倒を見ているとかじゃなかった。それはいいんだが、未亡人というのが……」

「未亡人のなにが問題なのさ」

三樹彦は色めきだった。この話の終着点がろくなものじゃないことは、その時点で想像がついた。

「おまえのためだよ。なにが哀しくて、わざわざ未亡人と結婚する必要があるんだよ。年だって四つも上だろう」

三樹彦は次兄を睨んだ。空手二段で元ヤンの次兄と喧嘩になれば一〇〇％負けるが、本気で殴ってやろうかと思った。

「……彼女に、会ったのかい？」

「ああ」

長兄がうなずく。

「先々週だったか、弁護士まで連れてこっちに来たのさ。いろいろひっくるめて、どういうつもりでおまえと付き合っているのかって訊ねた。こっちの事情もきちんと説明したうえでな……」

「そうしたら、彼女のほうから身を引くって言いだしたんだ。まさかおまえが立派な会社の御曹司《おんぞうし》だとは思ってなかったって……」

「どこが立派な会社だよ。吹けば飛ぶような中小企業だろ」

「親父が残してくれた会社を侮辱するのか？」

今度は次兄が色めきだつ。

「知世さんに言ったんだろ？　未亡人とか四つも年上とか……」

「事実じゃないか」

「事実であっても、そんなこと言ったらわたしが身を引きますってなるに決まってるじゃないか。傷ついたんだよ、彼女は」

長兄と次兄は困った顔で眼を見合わせた。

「だいたい、そんなことして僕が黙っていると思ったわけ？　僕は北海道中を這いずりまわってでも、彼女を見つけだすよ。結婚の約束をしたんだ。彼女には約束を守る義務があるし、僕には彼女を幸せにする権利がある。あんたたちの顔は二度と見たくない。東京には絶対に戻らない。もう出ていってくれ」

長兄はやれやれと溜息をつき、次兄はチッと舌打ちした。

「出ていかないなら、僕が出ていく……」

三樹彦は立ちあがって部屋を飛びだそうとした。

「まあまあ、待てってて……」

「話の途中だろ。落ち着けよ」

長兄も次兄も、体が分厚く力も強かった。ふたりがかりで押さえつけられると、三樹彦には為す術がなかった。

「離してくれよっ！　僕は彼女との愛に生きる。あんたたちの会社なんてどうだっていい。だいたい、自分たちが欲に眼が眩《くら》んで骨肉の争いなんか始めたのが悪いんだ。僕は北海道に行くっ！　だから離してくれよっ！　離せよっ！」

翌日の日曜日。

三樹彦は札幌の目抜き通りを歩いていた。スイーツショップを探していた。まだはらわたが煮えくりかえったままだったので、手土産《てみやげ》を買ってくるのを忘れてしまったのだ。札幌に住んでいる人間に札幌で買った手土産を渡すなんてあきらかに間が抜けているが、手ぶらで行くよりはいいだろう。

結局、兄たちが折れる形で、知世の実家の住所を教えてくれた。

それでも、三樹彦の怒りはおさまらなかった。次兄の性格からして、「未亡人なうえに四つも年上なんですよね？」などとドヤ顔で言い放ったに違いない。知世の気持ちを察すると涙がこぼれそうになる。彼女の心の傷は深く、兄たちの顔なんて二度と見たくないだろう。しかし、結婚すれば、彼らを「お義兄《にい》さん」と呼ばなければならないのである。

自分なら、絶対に嫌だった。きっと知世だって同じだろう。それを理由に三樹彦とよりを戻すことを拒むかもしれない。拒むに決まっている。本当に頭にくる。たとえ彼女とよりを戻すことに成功しても、実家の会社になど戻ってやるものか。

ショーウインドウに自分の姿が映っているのを見て、思わず立ちどまってしまった。げっそりと痩せこけた顔で、眼を三角にして怒り狂っている男がそこにいた。

自分はいつからこんなにも諦めの悪い男になったのだろう？　そう思った。

兄たちだって、三樹彦の諦めがいい性格をよく知っているから、陰で卑劣な工作をしたのだろう。女さえ追い払ってしまえば、渋々東京に戻ってくるに違いないと……。愛が諦めを悪くする、というわけか。

ならば諦めが悪いのも、悪いことではない。兄たちが折れなかったら、本当に徒手《としゅ》空拳《くうけん》で知世を捜すつもりだったのだから……。

「嘘っ……」

聞き覚えのある声が耳に届き、三樹彦は我に返った。

知世が目の前に立っていた。

こんな偶然があるものなのか……。

彼女の実家はこのあたりではないはずだが、買い物にでも来たのだろう。デパートのものらしき洒落た紙袋を腕からさげている。

しばらくの間、お互いに口を開かなかった。一瞬眼が合ったが、ふたりともすぐに視線を泳がせた。

三樹彦はまだ、どうやってよりを戻すべく説得するか、考えの整理がついていなかった。一方の知世は、三樹彦以上に驚いたはずだ。まさか、こんなところに現れるとは思っていなかっただろうから……。

「そっ、それは……」

ひどく混乱しながら、知世の左手を指差した。薬指にダイヤの指輪が光っていたからだ。もちろん、三樹彦が贈ったものである。

「ごっ、ごめんなさいっ……」

知世は顔を赤くした。バツが悪そうだった。

「ちゃんと返さなくちゃって思ったんです。嘘じゃないです。宅配便で送ろうって荷造りまでしたんですけど……でも、あと一日だけつけてから返そう……あと一日だけ、あと一日だけって、ずるずる時間が経っちゃって……」

三樹彦は目頭が熱くなるのをどうすることもできなかった。兄たちのことはともかく、彼女はまだ自分に気持ちが残ってくれている。

「返さなくていいです……」

知世の左手を取った。硬いリングの感触が、最後にしたセックスを思い起こさせた。指を交錯させた恋人繋ぎで手を繋ぎながら、正常位で激しく突きあげた。股間を破いたストッキングと片側に寄せた水色のパンティ、そんな姿で両脚をM字にひろげ、よがり泣いている彼女はこの世のものとは思えないほどエロかった。

だが、彼女は少し淋しそうだった。そんな彼女を抱きしめると、淋しかったのは自分のほうだったと気づいた。

もう淋しいのはごめんだ。諦めのいい人生を歩んできた自分だったが、目の前の彼女を諦めることは絶対にできなかった。

知世だって三樹彦の気持ちをわかってくれているだろう。そうでなければ、人通りの多い目抜き通りで、黙って手を握られているはずがなかった。

「絶対に、返さないで……一生、ここに嵌《は》めてて……お願いします……」

知世がうんうんとうなずく。その眼から大粒の涙がこぼれだす。三樹彦もこらえきれずに泣いてしまう。

いい歳をした大人がふたりして泣きじゃくっているのだから、通りがかった人たちは呆れたり失笑をもらしたりしていたはずだ。

もちろん、そんなことはどうだってよかった。三樹彦が号泣しながら知世を抱きしめると、知世も力の限りしがみついてきた。


（了）

＊本作品はフィクションです。作品内の人名、地名、団体名等は実在のものとは関係ありません。

長編小説
となりの未亡人《みぼうじん》
草凪《くさなぎ》 優《ゆう》
2020年4月20日　初版第一刷発行

ブックデザイン……………………　橋元浩明(sowhat.Inc.)

発行人……………………………………後藤明信
発行所………………………………株式会社竹書房
〒102-0072　東京都千代田区飯田橋2－7－3
電話　03-3264-1576（代表）
03-3234-6301（編集）
http://www.takeshobo.co.jp
印刷・製本……………………中央精版印刷株式会社

■本書の無断複写・複製・転載を禁じます。
■定価はカバーに表示してあります。
■落丁・乱丁の場合は当社までお問い合わせ下さい。
ISBN978-4-8019-2246-4　C0193
©Yuu Kusanagi 2020　Printed in Japan